息もできないくらい

「思ったより色っぽいしな」
「は……っ、ぁあ……」
　ゆっくりと穿たれて、拓未はシーツに爪を立てた。引き抜かれる感触と、突き上げられる感触。

息《いき》もできないくらい

きたざわ尋子《じんこ》

ILLUSTRATION
笹生《ささお》コーイチ

CONTENTS

息もできないくらい

息もできないくらい

佐原拓未《さはらたくみ》が、一卵性双生児の弟・志束《しづか》とともに、親戚の家に引きとられたのは、小学五年生の一月のことだった。両親が突然の事故で亡くなったために、父親の兄である伯父の元へと身を寄せることになったのだ。

伯父のところには、年上の従兄弟《いとこ》が二人いた。長兄は拓未たちよりも十も年上で、次男は七つ上。伯母も含めて四人の家族は、拓未たちを快く受け入れた。

不自由は何もなかった。両親が健在だったころから、しょっちゅう行き来があったので気心は知れていたし、伯父は事業に成功してかなり裕福だったから、二人の従兄弟たちと同じように、拓未たちの教育や生活にも惜しみなく金を使ってくれた。伯父も伯母も優しくいい人たちで、特に拓未のことは溺愛《できあい》といってもいいくらいに可愛がってくれた。上の従兄弟も実の弟のように、それでも十歳上という大人の立場から、拓未たちに接してきた。

昔から周囲の者たちは、弟の志束よりも拓未のほうを、よくかまってきたのだ。拓未は活発で人なつこい子供だったせいか、扱いやすかったのだろう。一方の志束は、おとなしく喜怒哀楽の表現が乏しい上に、話しかけられてもあまりしゃべらなかったから、周囲もどう扱っていいのかわからなかったようだ。だがけっして疎まれていたわけではないし、そんな志束をひたすら気にし、可愛がる人もいた。

それは今でも変わっていなかった。

「ああ、なんだ拓未だけか。志束が部屋にいないんだが、どこにいるか知らないか？」

いきなり居間に入ってきた下の従兄弟・佐原浩二郎《こうじろう》は、拓未を見てあからさまにがっかりとした表情を浮かべた。

すっきりと整ったその顔は、一言で表すならば知的で品がいい。涼しげな切れ長の目に、高い鼻梁《びりょう》。男らしく引きしまった口元は、唇が少し厚めで、ここだけが妙に官能的なイメージを醸《かも》しだしている。和室に出入りするときには、頭を低くしなくてはいけないほどの長身で、高い位置から拓未を見下ろしてきていた。

大学から東京に出た浩二郎は、今は駆けだしの弁護士として、銀座《ぎんざ》にある法律事務所にいる。長い休みでなくてもたまに戻ってくることがあり、そんなに地元が好きならばこちらで就職すればよかったのにと拓未は思っているのだが、言うほどのことでもないので口にしたことはなかった。

「庭じゃねーの」

拓未はそっけなく返した。

「またか……どうせまた薄着で出てるんだろうな」

やれやれと言わんばかりだったが、呆《あき》れたふうでもないし、ましてや怒っているわけでもない。どう見ても楽しげに、浩二郎は窓の外へと視線をやった。

少なくとも見える範囲に志束の姿はない。東京《とうきょう》から新幹線で二時間ほどの地方都市郊外にあるこの家は、建物も庭も、うんざりするほどに広いのだ。ふんだんに生えている木のどれかに、志束はくっついているはずだった。

「どこにいるか、わかるか？」

「自分で探せば」

「おまえに聞いたほうが確実そうじゃないか。そういえば、もう荷造りはできたのか？」

「もう少し。必要なものだけ持ってくことにしたし」

「マンション、志束の大学に近いところにしたんだってな」

どこか満足げなのは、お気に入りの志束が苦手な通勤通学ラッシュに巻きこまれずにすむせいだろうか。

この春から拓未たち双子が住む場所は、人ごみがだめな志束のために、彼の大学から徒歩圏内にした。別の大学に通う拓未は、電車を使って四十分というところだが、それほど不自由だとは思っていない。周囲はそういった事情を知ると、弟思いだといって拓未を褒めるが、浩二郎だけは当然という態度を崩さなかった。

「ま、志束はおまえと違ってデリケートだから、賢明な選択だったな。ああ、そうだ。悪い虫がつかないように、ちゃんと目を光らせておけよ」

「言われなくても、とっくにそうしてる」

今さら浩二郎に言われるまでもなく、拓未はずっと志束を守ってきた。同じ造りの顔をしているというのに、子供のころから志束ばかりが同性によく狙《ねら》われていて、高校でも拓未は友人たちと一緒に厄介な輩《やから》を追いはらってきた。実際はぼんやりとしているだけなのだが、志束の表情は愁《うれ》いを帯びて見えるし、動作もゆったりとしているから、たおやかと思えないこともない。志束だと、同じはずの顔でも繊細そうに感じられるのは不思議だが、一部の男がそそられてしまうのは納得できた。

目の前の男が、志束をどう思っているのかは、よくわからなかったが。

ただ従兄弟として可愛がっているようにも見えるし、下心があるようにも見える。どちらとも判断がつきかねて、拓未は今のところ傍観している状態だった。

「けど大学違うんだから、四六時中見張ってることなんてできねーよ」

「なんで別の大学にしたんだ？」

「なんでって……やりたいことが違うんだから、大学が違うのも当然だろ。いつまでも俺がついていられるわけじゃないんだし」

突き放すような言い方をすると、浩二郎は楽しげに目を細めた。何もかも見透かしているような態度が癇《かん》に障《さわ》り、拓未はつい表情を険しくしてしまった。

昔から、拓未はこの男が嫌いだった。

「そう言いながら、放っておけなくてあれこれしてやるんだろう？　というより、しないではいられない……だな」

揶揄《やゆ》するように言い放たれて、拓未はますますムッとしてしまう。この男が拓未に対してだけ、いちいち腹が立つ態度をとるのは相変わらずだ。それも決まって二人きりのときで、志束以外の第三者がいるときには、絶対にしないのだ。むしろ興味がないとでもいうように、そっけないのが常で、どのみち愉快ではない。

そして拓未のほうも、浩二郎に対してケンカ腰のことが多い。睨《にら》むような目を向け、穏やかとはいえない言葉をぶつけてばかりだった。

ずっと変わらない、自分たちのスタンス。面白くないし、それをはっきりと態度に出す拓未だが、そのこと自体を深く考えたことはなかった。

「ま、とにかく志束に何かあったら、すぐ俺に連絡するんだぞ。ここよりは近いからな」

「わかってるよ」

保護者代理だからと笑う浩二郎を、拓未は黙って睨みつけた。

拓未たちが春から暮らすマンションから、電車で三十分くらいのところで、浩二郎は一人暮らしをしている。むしろそちらのほうが、拓未の大学には近いくらいなのだ。

拓未がきつい目で浩二郎を見るようになったのは、いつのころからだったか。子供のころは顕著《けんちょ》に反応して怒ったり怒鳴ったりしていたものだったが、やがて今のように、不機嫌を隠しはしないもののあまり感情的にはならないようになった。

そして浩二郎は、昔も今も、笑みさえ含んだ余裕の顔で言葉や視線を受け止める。

会話がなくなったというのに、浩二郎は部屋を出ていこうとしない。なんだか息苦しさを感じて、拓未は視線を外した。

「……たぶん、桜の木のところ」

嘆息して、拓未は言った。

「ん？」

いきなりの言葉に、浩二郎は眉《まゆ》をわずかに上げた。

「志束がいるとこ」

「ああ……。わかった」

あっさりと納得し、浩二郎は礼も言わずに行ってしまった。もう拓未になど用はないといった態度には、さすがに気分が悪くなる。遠ざかる足音を聞きながら、我知らず顔をしかめ、拓未はうるさいくらいに感じるテレビを消した。

「相変わらず……志束のことばっか……」

浩二郎だけが、昔からほかの人たちとは逆に志束のことばかりを気にかけ、あからさまに可愛がってきた。過保護だというなら、誰よりもそうだ。

志束はひどく戸惑い、いまだに浩二郎の溺愛に慣れないでいるようだが、物言いたげに拓未を見るだけで、けっして拒絶を示したりはしない。拓未以外では、唯一といっていいくらいにかまってくれる相手だから、本当のところは嬉《うれ》しいのだろう。ほかの親類や学校の連中が一歩引いて接することを、志束はひどく気にしていて、拓未に対してコンプレックスさえ抱いているのを知っている。

だが誰しも、あからさまに志束と拓未に差をつけるわけじゃない。自ずと出てしまうほうが、かえってこたえるのかもしれないが、隠すこともなく愛情の差を見せつける浩二郎もどうかと思う。

（優しくされたって、薄気味悪いだけなんだけどさ）

想像しかけて、拓未は慌てて頭を振り、鬱陶《うっとう》しい考えを追いだした。

「やめやめ」

もうすぐ新しい生活が始まる。この家を離れ、新しい環境で志束と暮らしていくのだから、自分の部屋の掃除さえしていればよかった今までとは違い、家のことをすべてしなくてはいけない。それに兄として、弟に対する責任というものもある。

「しっかりしないと」

自らに言い聞かせて拓未は立ちあがり、自分の部屋へと戻った。

窓からは若い桜の木と、その下にいる志束と浩二郎の姿が見えた。窓が開いていたとしても会話が聞こえない程度には遠い。

ただ突っ立っているところを遠目で見たら、拓未と志束を区別することは難しいだろう。

無理に目を引きはがし、拓未は段ボール箱に服を詰めていく。志束がこちらを見たような気がしたが、気づかないふりで黙々と作業を続けた。

伯父が借りてくれた部屋は、十階建てのマンションの三階、日あたりのいい2LDKだ。リビングの窓からは裏手の公園が見えるし、駅からも徒歩十分程度。途中に大きなスーパーマーケットがあるし、近くにはコンビニエンスストアもあって、立地条件はかなりいい。どうやら浩二郎が、いろいろと探してくれたようだった。

上京のときは一緒に行くと言って聞かず、伯母は昨日、拓未たちと一緒にここまでやってきた。都内にいる浩二郎もマンションに駆けつけて、結局は四人で夜まで作業をした。伯母はずっとキッチンやリビングあたりで動きまわっていたし、拓未は自分の部屋で手いっぱいだったが、ここでも浩二郎は主に志束の手伝いをしていた。一人に任せていたら、いつまでも終わらないと思ったのだろう。実際、志束のペースはきわめてゆっくりだ。

おかげで作業は早く終わり、その日のうちに、それぞれのベッドで眠れた。伯母は浩二郎が彼のマンションにつれて帰った。

二つの部屋はほぼ同じ大きさで、どちらにも出窓がある。昨晩のうちに、志束はそこへ観葉植物を並べていた。

ここリビングにも、そこだけでなく、志束の植物は、ありとあらゆるところに置いてあるのだ。あちらこちらに鉢がある。すべて志束が育てているものだった。

拓未は上京して最初の朝を、リビングでぼんやりしながらすごしていた。

(ゆっくりコーヒーいれて、コンビニにサンドイッチでも買いに行こうかな)

志束はまだ当分、目を覚まさないだろう。起きてからまだ何も食べていない拓未は、志束が起きるまでには、朝食になるものを買ってくるつもりだった。午後にはまた浩二郎と伯母がやってくるはずだから、だらだらしていられるのも今のうちだ。

だがそんなささやかな楽しみは、予告なしの訪問者によって崩された。

「あんた一人……？　伯母さんは？」

朝っぱら——といっても十時をまわったところだが——に、渡してあった合鍵《あいかぎ》を使って勝手に入ってきた浩二郎を、拓未は不機嫌も露《あらわ》に出迎えた。てっきり伯母も一緒だと思っていたのに、いたのは浩二郎一人きりだった。

「もう帰ったよ」

「えっ、もう？　なんで？　送ってくって言ったのに」

「だからだろ。泣けるから、顔は見ないで帰るそうだ。やっぱり手伝いは口実で、たんに寂しかったんだな」

浩二郎は笑いながら、拓未を押しのけるようにして二人がけのソファに座った。贅沢だからいらないと言ったのに、あったほうが便利だしリビングらしいだろうといって、無理に揃《そろ》えられてしまったソファだ。確かに、あればあったで便利だと、昨夜のうちに思ったものだった。

浩二郎はガラステーブルの上に、持ってきたものを置いた。

「差し入れだよ。うちの近くに美味《うま》いパン屋があってね。エビとアボカドに、クリームチーズとトマトのサンドイッチ」

「それは……どうも」

どれも志束の好きなもの、というあたりが徹底している。食べものの好みは極端には違わないから、拓未だってそれぞれ好きではあるのだが、サンドイッチの具材としてもっと好むものがあるのだ。知っていて無視したというより、浩二郎は拓未の好きなものなんか知らないのだろう。

「志束はまだ寝てるんだろ？」

「と思うよ」

「寝起きは相変わらずか」

「まぁね。そろそろ起こしてくる」

「いい、俺が行く。おまえはコーヒーの用意をしておけ」

言い置いて志束の部屋に向かった男の背中を見ないようにして、拓未はキッチンで三人分のコーヒーをいれた。故意に視線を逸らしたのは、浩二郎の背中を見ていたら、なんだかとても不愉快になってしまったからだ。

「腹立つ……」

カップを出しながら、今日はもうインスタントでいいやと思った。挽《ひ》いた豆を出すのも、ペーパーを折るのも、何もかもが面倒に感じられた。

インスタントコーヒーをカップに入れ、後は湯を注ぐだけの状態にして待っても、なかなか浩二郎は志束をつれて戻ってこなかった。寝起きの志束はしばらく使いものにならないが、起こして起きないわけではなく、こんなに手こずるはずもない。

不審に思い、志束の部屋に向かうと、ドアは開きっぱなしだった。

「何やっ……」

覗《のぞ》きこんだ途端、拓未は大きく目を瞠《みは》った。

ベッドに座った浩二郎が、眠る志束の両側に手をついて、覆い被さるようにして顔を近づけていたからだ。

キスしようとしているとしか思えない状況だった。

一瞬、声が出なかった。浩二郎の態度が少しばかりあやしかったのは、今に始まったことではない。なのに今のこの光景は、拓未の思考を停止状態に追いこんでいる。

棒立ちになっていると、小さく舌打ちをして浩二郎は肩越しに振り返った。

「無粋《ぶすい》なやつだな」

何を言われたのか、とっさにはわからなかった。

浩二郎が志束に視線を戻し、指先で優しげに——というよりは、やけに淫靡《いんび》な動きで、志束の髪を撫《な》でているのを見ているうちに、ゆっくりと言葉が脳まで届いた。

途端に、拓未のすべてが動き始めた。

「あ……あんた、何してんだよ……っ！」

慌てて部屋に入り、つかみかからんばかりの勢いで浩二郎の肩に手をかける。大事な弟に妙な真似《まね》

をされてたまるかと思った。

ただそれだけのはずだった。

浩二郎はまったく動じる様子もなく、ちらっと冷めた目を拓未に向けてきた。開き直っているというよりも、最初から見られようが騒がれようが関係ないという態度に思えた。

「見ればわかるだろう」

「何、開き直ってんだよ！　あんた……やっぱ志束のこと……」

キスしようとしていたのを見たときは、呼吸が止まるほど驚いたが、今はやはりという気持ちになっていた。以前からの浩二郎の態度を考えれば意外なことではなく、何度か拓未も疑ったことはあったからだ。

「だとしたら、どうする？」

「そ……そんなの、あんたから志束を守るに決まってんだろ！　志束があんたのこと好きだっていうなら仕方ねーけど、こいつには全然その気がないんだからな」

「そんなこと、わからないだろう？」

「わかるよ」

伊達《だて》に双生児ではない。子供のころほどではないにせよ、拓未は志束の感情や感覚——その中でも、不安や恐怖、あるいは痛みといった負のものを強く感じとることができる。細かな思考などは当然わかるはずもないが、彼の好意がどこへ向かっているかくらいならば、間違えないという自信があった。

「こいつはあんたのこと、そういう意味で好きなわけじゃない。っていうか、そもそもなついてもいねーじゃん。無理にどうこうするなんて、認められるわけねーだろ」

「志束が可愛い顔して寝てるから、ついね」

視線を向けた先では、志束が気持ちよさそうに眠っている。こんな至近距離で声を荒げているのに起きないところが彼らしい。

志束の顔を見た途端に拓未はクールダウンし、ふっと息をついた。

「いい年して、つい……でキスなんかするなよ」

「怖い怖い」

ふざけた調子で両手を肩の高さに挙げ、降参のポーズをとると、浩二郎は志束の部屋を出ていった。

起こしに来たはずなのに、結局志束は眠ったままだ。あれだけの時間、いったい何をしていたのかと思うと、居ても立ってもいられなくなり、慌てて後を追いかけた。

「あんた、ほんとはもうキスとかしちゃったんじゃないだろうな」

「してないよ。どうしようかなと迷ってたんでね」

嘘《うそ》くさい——。そう思ったが、証拠があるわけでもないし、これ以上追及したところで浩二郎相手では無理だということもわかっていた。

「本気で志束が好きなら、寝てる間とか無理矢理とか、するなよ」

「どうかな。本気かどうかはともかく、抱いてみたい気はするな。ああ、強姦する気はないから安心していいぞ。ただし、強引に口説《くど》くのはありだけどな」

「似たようなもんだろ。志束にそんなことしてみろ、許さねーからな！」

「おまえの許しなんか必要ないだろう？　こっちでの生活に慣れたら、志束にはバイトに来てもらおうと思ってるし、そのときがチャンスだな」

淡々と言いながら、浩二郎はソファに座った。目をつりあげている拓未を見る表情は、今まで以上に挑発的だ。

「バイトってなんだよ」

「家事とか、いろんなものの整理のバイトだ。しばらくうちに来てもらおうかと」

「だめだ……！　あんたのとこになんか危なくてやれるかよ。だいたい勝手に決めるな！」

「決めるのは志束だし、俺が頼めば来てくれるっていう自信はあるよ。試しに、志束が起きたら訊《き》いてみるか？」

「あんたが企んでること、志束に言うぞ」

「言えるのか？」

浩二郎は自信たっぷりだ。言えないだろうと、その目が告げている。

志束は自分に向けられる浩二郎の愛情に戸惑いこそすれ、疑ってはいないはずだ。唯一、拓未より自分を可愛がってくれる人だと認識してるのに、それが下心によるものだと突きつけたら——肉親の情だと思っていたものが、肉欲だと知ったら、志束はショックを受けてしまうのではないだろうか。

あるいは、傷ついてしまうかもしれない。

確かに簡単に言えることじゃなかった。だからって、黙っていたら志束が浩二郎の餌食《えじき》になってしまう。

どうしよう――。

「別に俺は、おまえでもいいぞ」

「え……?」

唐突な言葉に、拓未はきょとんとした。

「顔は同じだし、家事能力も似たようなものだろう。むしろおまえのほうが手早そうだし、体力もあるな」

言わんとしていることが、にわかには理解できなかった。いや、したくなかったというほうが正しいだろうか。

突っ立ったままの拓未に、浩二郎はすっと手を伸ばした。

腕をつかまれ、引っぱられる。身がまえる暇もなかったから、あっけなく倒れこむことになった身《から》体《だ》は、予定されていたように浩二郎の腕に抱き留められた。

耳元で、くすりと笑う声がした。

「抱き心地は悪くない」

「な……」

「色気が足りないのは、我慢してやるよ」

息が耳にかかるかと思うほど近くで囁《ささや》かれ、カッと頬《ほお》が熱くなる。両腕を突っぱって身を起こそうとしたが、背中にしっかりと腕がまわっていて叶《かな》わなかった。

いやでもさっきの言葉の意味を理解させられ、羞恥《しゅうち》と困惑と一緒に、理不尽さによる怒りも湧《わ》きあがってきた。

我慢なんかしてくれなくて結構だ。どうしてこんなことで、恩着せがましい言い方をされなければいけないのだろうか。

「ま、セックスを経験したら、多少は色気も出るかもしれないしな」

「ふざけんな、放せ！」

「返事は？」

「はぁっ？」

のんびりとした口調に、ますます拓未の神経は尖《とが》った。

「志東の代わりに、来るか？」

「誰が……っ」

「じゃあ、志東に頼むか」

両肩をつかんで押し戻されかけたとき、拓未はとっさに浩二郎の手をつかんでいた。

あっさりとした浩二郎の態度は、執着のなさそのものだ。彼の目的は、あくまで志東なのだから当然だ。だからといって志束に対して本気なのかどうかは疑わしい。

志束はぼうっとしているようだが、実は結構頑固だし、強引に迫られたとしても抵抗できないようなタイプではない。やすやすと流されるタイプでもない。だが、相手が浩二郎だった場合は、その限りではない気がする。いろいろなことをぐるぐると考えてしまい、考えているうちにのっぴきならない事態になりかねないような――。

「どうなんだ？」

尋ねながら背中を意味ありげに撫でられて、拓未は目を瞠った。拓未が頷《うなず》かなかったら、これと同じことを、そしてこれ以上のことを志束にするということだ。

考える時間はたっぷり与えられた。その間、拓未はずっと抱きしめられたままだったし、身体をいやらしく撫でられていたが、考えることでせいいっぱいの拓未は、それをほとんど意識していなかった。

やがて、拓未はキッと睨むようにして浩二郎を見すえた。

「俺が代わりにあんたのセクハラ受けたら、志束には何もしないんだな？」

「セクハラねぇ……」

「どうなんだよ」

「まぁ、そうだな」

果たして信用できるだろうか。いや、正直いってできないが、だからこそ志束とこの男を二人きりにさせてはいけない。拓未でもいいなんて言っている男に、志束を好きにさせたりはしない。

「それと、さっき無理矢理はしないって言ったよな？」

「ああ。そういうのは趣味じゃないからな。相手に自分を意識させて、じっくり落としていくほうが楽しいじゃないか。ま、多少は強気に出ることもあるかもしれないが……」

同意はできなかったが、とりあえず嘘ではないのだろうと思った。確かにそのほうが、この上もなく浩二郎らしい。

だったら問題はない。拓未なら浩二郎を容赦なく拒絶することができる。無理矢理という方法がないというなら安心だ。

「いいよ。俺が行く」

「ふーん……おまえがね。ま、いいか」

いかにも歓迎はしていなさそうに、だがさほど志束に未練も見せず、浩二郎はあっさりと拓未の返事を受け入れた。

そうして確かめるようにして、また背中を撫でた。

「志束もガリガリだが、おまえもずいぶん痩《や》せてるな」

「悪かったな。けど、俺は少なくともアバラ浮いたりしてねーよ」

「それはよかった。志束は折れそうで怖いからな」

バカなことを……と言いかけたものの、結局は黙っていた。それだけ浩二郎は、志束のことを大事

に思っているということなのだろう。

「もういいだろ。いつまで触ってんだよ、放せって」

「はいはい。ああ、でも放す前に……」

いきなり顎《あご》をすくいあげられ、気がついたときには唇を塞《ふさ》がれていた。

大きく目を瞠り、固まってしまった拓未だったが、それも束の間だ。次の瞬間には自由な右手を振りあげていた。ぶつけるような勢いで相手の顔を押しのけてやろうとしたのに、浩二郎にとっては予想の範囲だったのか、あえなく手首をつかまれてしまった。

くすりと笑って、浩二郎は唇を離した。

「さすがに舌は入れられないな。嚙《か》まれそうだ」

「何すんだよ！」

「契約の完了には、サイン……だろう？」

しれっと言いのけて、浩二郎はようやく拓未を放した。そして、あっけにとられている拓未に向かい、当然のように続けた。

「コーヒー」

「か……勝手にいれて飲んでろよ！　志束、起こしてくる！」

顔を見たら急に恥ずかしくなって、拓未はことさら大きな声で宣言してから背中を向けた。リビングから出ていくまで、背中に浩二郎の視線が突き刺さっていたような気がした。

心臓がばくばくいっている。まるで全力疾走をした後みたいだ。

志束の部屋に入って、ベッドの脇《わき》にへたりこむ。ベッドの端のほうに突っ伏すと、自然と大きな溜《た》め息《いき》がもれた。

キスなんて何回もした。初めてのキスは中学一年のときで、つきあってくれと言ってきた一つ上の女の子だった。中二のときには、同級生の男としたこともある。部活内の罰《ばつ》ゲームで、このときは正直、気持ちが悪かった。

なのに、浩二郎のキスは違った。男にされて気持ち悪くなかったどころか、初めてキスをしたときよりも胸が騒いだ。

急に志束の手がぴくっと動き、拓未ははっとして顔を上げた。

まつげの先が震え、ゆっくりとまぶたが上がっていく。やがて焦点のあわない目が拓未を見つめてきた。だが覚醒には至っていないはずだ。志束は目を覚ましてからしばらくは、無意識に行動する。目を開けたからといって、正しい意味で「起きた」わけではないのだ。

「……拓未……」

かすかに動いた唇に、自然と目が行った。

浩二郎がキスしたかったのは、この唇なのだと思いだす。抱きしめたかったのも触れたかったのも、この身体だ。ほしいのは志束であって、拓未じゃない。

わかっていたことなのに、急に胸が締めつけられるように痛くなった。

「あ、れ……?」

無意識にシャツの胸元をつかんで、拓未は眉をひそめた。

不思議そうな顔をしている志束だが、何を言うわけでもない。まだ頭はちゃんと動いていないので、意味はおろか、言葉すら届いてはいないのだろう。

なのに見つめられていると、ひどくいたたまれない気分になる。だから拓未は志束の腕をつかみ、よくやるように無理に引っぱり起こした。

「浩二郎が来てる。サンドイッチあるから、早く着替えな」

「……浩二郎さん……?」

「そうそう。中身は志束の好きなのばっかかだよ。まったくムカツクよなぁ」

志束の呟《つぶや》きに意味はない。なのにまた胸が痛くなって、拓未はそれを振りはらうように、ことさら声を張った。

この感情の正体に、気づきたくはなかった。

大学に慣れたころでいい。浩二郎はそう言って、特に明確な時期を示してはこなかった。

実際、通い始めてしばらくは、今までとは違うシステムに戸惑ったり、履修のことをいろいろ考えたりして、あまり余裕がなかった。何よりも新しい環境というものに慣れようとして、それなりに神経を使っていたのだと気がついた。

『そろそろいいか？』

「ああ……うん」

様子伺いの電話に、拓未はそう返事をしてしまった。入学して半月が経《た》ち、完全に新しい水に馴染《なじ》んだかと言われればまだなのだが、呼びだしに応じることに問題はない。

少なくとも体力的には。

『気が乗らないって感じだな。怖《お》じけづいたか？』

「別に」

揶揄するように言われて、つい強がりを返してしまった。

昔から、拓未は浩二郎に対してこんなことばかりだった。何か言われたりされたりすると、勢いと感情に任せた態度に出てしまい、ますます相手を面白がらせてしまう。わかっていても、どうしてもやめられないのだった。

『じゃ、今週末にでも来いよ』

「わかった」

電話を切って、拓未は大きな溜め息をついた。

せつないのか虚《むな》しいのか腹立たしいのか、よくわからなくなってしまう。

「なんで俺が……こんな気持ちにならなきゃいけないんだよ……」

ベッドに仰向《あおむ》けに寝転がり、天井に向かって文句を吐きだす。ここのところずっと、一人でいるときに繰り返していることだった。

どうにも理不尽だ。どうして自分があんな男に振りまわされなければいけないのか。

(昔から、嫌いだったはずじゃん……)

志束ばかり気にするのがいやだった。志束には甘ったるいほど優しいのに、拓未にはいやがることを言い、怒らせたりへこませたりして楽しそうにしているのが、腹立たしかった。そして第三者がいるとき、まるで空気みたいに扱うのが悲しかった。

嫌いだと思わなければ、やってこられなかったのかもしれない。

目を閉じると、浩二郎と志束の姿が浮かんできた。

志束は昔から拓未のことをいろいろな意味で過大評価していた。コンプレックスと同時に憧憬《どうけい》のようなものまで抱いていて、いくらそれほどのものじゃないと否定したところで納得してくれない。だが今の拓未からしてみれば、むしろ志束が羨《うらや》ましくてならなかった。

本当は志束にするみたいに、浩二郎に優しくしてもらいたかった。かまってほしかった。そして拓未自身を求めてほしかった。

（まさか……これって……）

拓未は目を瞠った。

嘘だと思いたい。何かの間違いだと。だが考えれば考えるほど、否定は難しくなっていく。そう考えればすべてが腑《ふ》に落ちた。

「これって……好き、ってことか……？」

認めたくないが、そうせざるをえなかった。

なんで今さら、わかってしまったんだろう。こんな感情に気づいてしまうなんて、本当についてない。自覚と同時に失恋を経験したようなものだ。どうせなら一生知らないでいたほうがマシだった。

だがそれこそ今さらだ。決まってしまったことを覆《くつがえ》すのはいやだし、逃げたと思われるのはもっといやだ。意地でもなんとか普通にやっていくしかないと思った。

自分には、それができると信じていた。それに、いつまでも一人で落ちこんでいても仕方ない。志束に心配をかけてはいけないのだ。

しっかりしなくては。

「よし」

意を決して拓未は起きあがる。とにかくまずは、志束に話さねばいけない。

アルバイトのことは入学式前に決まっていた話なのに、どう切りだしたらいいのかわからず、今日まで持ち越してしまったのだ。もちろん自分で言うから余計なことは言うなと浩二郎には口止めしたし、それはとりあえず守られているらしかった。

リビングへ行くと、志束は鉢植えのドラセナの葉を撫でながら、何をするでもなくぼんやりとしていた。子供のころから見慣れた光景だ。

「志束。コーヒー飲む？」

「ああ……うん」

声をかけると、志束はゆっくり意識を現実に戻した。

長いまつげに縁どられたアーモンド形の目。形はおそらくほとんど変わらないはずなのに、志束の瞳《ひとみ》というのはガラス玉みたいに深く透き通っている。瞳の印象のせいなのか、それとも表情の作り方のせいなのか、志束はよく繊細そうだと言われるが、拓未はまず言われない。

二人分のコーヒーをペーパーでいれ、志束にマグカップを手渡しながら尋ねた。

「結構、慣れた？」

何に対してかは、わざわざ言わなくても伝わる。こういうときに、拓未たちはとても便利だ。すべての双子がこうではないだろうが、少なくとも彼らの間には多くの言葉は必要ない。

志束はカップを手に押し黙ってしまった。どう答えようかと考えているのはわかるので、急《せ》かすことなくコーヒーを飲んだ。

少ししてから、志束は口を開いた。

「よくわからないけど……普通にやってる」

「そっか。あの……さ、実は近いうちに、ちょっと家を空けようかなって思ってるんだけど、志束一人で大丈夫？　えーと、たぶん二週間くらい」

唐突すぎたのか、志束はきょとんとした顔で、じっと拓未を見つめてくる。その目があまりに素直だから、拓未は落ち着かない気分になった。

後ろめたい。おそらくそれが一番近い気分だった。

普通だったら、まず理由や行き先を尋ねるものだろうが、志束はこっくりと頷いた。

「大丈夫」

「そ、そっか。よかった……。ああ、あのさ……実は、浩二郎に頼まれて、バイトすることになったんだ」

「浩二郎さん？」

「たまたま電話かかってきたとき、出たのが俺だったからだと思うけど」

言い訳じみた説明を、志束は黙って聞いていた。

携帯電話だけでは心許《こころもと》ないといって、伯父たちはこの部屋に電話回線を引いて、ファックスつきの電話を買った。本当のところは、様子見の電話などをするとき、つい拓未の携帯電話にばかりかけてしまわないように……という気遣いなのだろう。そんなわけで、固定電話があるのを幸いに、拓未はたまたま自分がアルバイトをすることになったという部分を強調した。

「……なんのバイト？」

「主に家事と、なんかいろいろ整理しなきゃいけないものがあるみたいでさ。たぶん、あの書斎だと思うけど」

「大変そうだな」

以前、二人で浩二郎のマンションに行ったときに見た光景を思いだす。書斎と称した部屋は、大量の紙類でとんでもないことになっていた。書棚に納まりきらなくなった本やファイルや書類が、床に置いたいくつもの段ボール箱の中にぎっしりと詰まっていたのだ。

案外、人手がほしいというのも本音かもしれないと思った。

「ま、キリキリ働いてくるよ。雇い主は嫌いだけど、バイトって割りきれば平気だし」

「……嫌い、なのか？」

じいっと深くまで見通すような目をして、志束は尋ねた。ひどく意外そうでもあり、怪訝《けげん》そうでもある。拓未が嫌いだと言ったことが納得できないのだ。志束からしてみれば、あれだけ優しくしてくれる人間を嫌いなんてありえないことなんだろう。

だが拓未への接し方は志束へのものとは違う。こちらの態度も悪いから、可愛くないと思われるのは当然だろうが、そもそもそんなふうになった原因は浩二郎のほうにあるのだ。もし浩二郎が、志束にするみたいに拓未のことも可愛がってくれたら、きっと拓未は浩二郎になついたはずだ。

そして、浩二郎のことが好きなのだと、もっと早くに気づいてしまったはずだった。

もしもの話なんて、考えるだけ虚しいとわかっている。だから、話を逸らす意味もこめて、拓未は視線を外しながら言った。

「そんなことよりさ、志束のほうは何も変わったことない？」

「え……ああ、うん」

「ちょっとでも問題起きたら、すぐ言うんだぞ。それと俺がいない間も、ちゃんと食べること」

子供に言い聞かせるような口調になるのはいつものことだ。家事は一通りできる志束だが、放っておくと料理どころか食事そのものを疎《おろそ》かにしてしまう。それこそ、倒れるまで。食欲に限らず、志束はあらゆる欲が希薄な人間なのだ。いつも観葉植物を弄《いじ》っているが、志束自身もとても植物っぽい。そして少しばかり特殊な能力もあるのだが、触った植物から得られるのは少なくともエネルギーではないようだ。

「もし光合成できるんなら、うるさく言わないけど、そうじゃないんだからさ」

「うん。葉緑素ないから……」

「あったら怖いって。じゃ、そういうことだから」

冗談に真顔で返す志束に笑顔を向け、拓未は何食わぬ顔をして自室に戻った。あまり長く話しているのはまずいと思ったからだ。

部屋に入ってドアを閉めると、ほっと息がこぼれた。

志束に対して秘密を持ったのは初めてだ。そんなわけがないのに、本当は何もかも気づかれているんじゃないかと、いらないことばかりを考えてしまった。

何度か訪ねたことがある浩二郎の部屋は、あらためて説明を受けるようなことは何もなかった。大学の下見に上京したときも、受験のときも、基本的にはホテルをとってもらったのだが、それぞれ一度はここを訪れていたからだ。指示が必要なのは、家事以外のアルバイトに関してだった。

バッグをリビングに置いてすぐ、拓未は浩二郎につれられて書斎に入った。相変わらず書斎は、紙類であふれ返っていた。

「とりあえずハガキと名刺を整理して、詳細な住所録を作成。ファイルは日づけ順に収めて、本は新しいのを含めて並べ替え」

「それって、入ってるやつをいったん出して、ってことだよな」

「当然」

「……わかった」

「あとは、これのデータ化」

封がされていない段ボール箱を指され、拓未は黙りこんだ。あふれるほど詰めこまれているのは、ぎっしりと字が詰まった紙の山だ。

気が遠くなりそうだった。学業と家事の傍《かたわ》らにやるのだから、すべての作業が二週間で終わるとは、とても思えない。

「二週間で終わらなかったら、どうすんの」

「サービス残業」

「げっ……」

「というのは冗談で、まぁ延長してここにいてもいいし、通いでもいい」

並んだ状態で軽く肩を叩《たた》かれ、意識がそちらに向かってしまう。そのまま促されて書斎を出たが、どうやったら自然に振りはらえるのかがわからなくて、肩を抱かれたままになってしまった。

顔を見られなくてよかったと思った。感情を隠すのは得意なほうなのに、きっと今はどぎまぎしているのが表れた顔になっているはずだ。

リビングまで戻り、ソファに座っても、浩二郎の手は肩に置かれたままだった。

「で、寝る場所なんだが、俺のベッドで異存はないな?」

当然のように言われ、拓未はぎょっと目を剝《む》いた。

「あっ、あるよ! あるに決まってんだろ!」

叫びながら浩二郎の手を振りはらおうとしたが、逆に手首を両方ともつかまれ、ソファに押し倒された。

どきまぎなんていう可愛らしい気持ちは、吹っ飛んでしまった。

見下ろしてくる浩二郎の顔には、余裕の笑みが浮かんでいた。

「見事に隙《すき》だらけだな。心配になってくるよ。志束の心配ばかりしてないで、自分の心配をするべきなんじゃないのか？」

「俺にこんな真似するやつなんていねーよ」

「いるだろう、ここに」

「あんたのは悪質な冗談だ。いいから放せってば！」

じたばたと暴れ、身を捩《よじ》る拓未を、浩二郎は上から力で押さえつけてくる。さほど力を入れているようには見えないのに、逃げだすことはできなかった。

首と肩の間くらいに顔を埋められた途端に、知らない感覚が肌に触れた。

「ひゃ……っ」

舐《な》められたのだと知ったのは、変な声を上げてしまった後だった。

「綺麗《きれい》な肌だな」

「う、嘘つき！　無理矢理はしねーって言ったじゃん！」

「強気でいくかもしれない……とは言っただろう？」

しれっと言いのけて、浩二郎は耳に唇を寄せてきた。軽く触れられて、びくっと震えてしまったのは、感じたというよりも驚きの意味あいが強かった。

「やっ……」

逃れようと拓未は必死だった。そのつもりだったが、死にものぐるいというにはほど遠い抵抗だという自覚もあった。志束ならいざしらず、拓未が本気で暴れたら、そうそう浩二郎の思い通りにはならないはずなのだ。

どこかためらいが覗く抵抗は、拓未の心境そのものだった。

浩二郎のことは好きだが、一方的に悪ふざけの範囲で手を出されて喜ぶ趣味はない。それとこれとは話が別だ。

嚙まれている耳朶《みみたぶ》のせいで、がむしゃらに暴れることができなくなる。大丈夫だと頭ではわかっていても、嚙みきられてしまうんじゃないかという恐れを拭《ぬぐ》いきれない。

拓未はぎゅっと目を閉じた。

「俎上《そじょう》の魚《うお》ってやつだな。意外に諦《あきら》めが早いというか……」

「……え?」

浩二郎は耳に音を立ててキスすると、つかんだ手首を引っぱって拓未の身体を起こした。それからゆっくりと、手を放す。

「そんなんじゃ本当に襲われたとき、簡単に食われるぞ」

忠告なんだか脅しなんだかよくわからないことを言って、浩二郎は完全に拓未から離れた。もっともらしいことを口にしてはいるが、いつものいやみったらしい笑みを浮かべているから、真剣味など欠片《かけら》も感じられなかった。

結局のところ、遊ばれたのだ。

ムッとして、拓未はぷいっと横を向く。よくよく考えれば、好きな男に組み敷かれ、愛撫《あいぶ》の真似ごとをされたのに、動揺していたのと腹が立ったのとで、恥じらうこともできなかった。

いや、別に恥じらいたかったわけではないし、自分の気持ちを知られたくない拓未としては、ある意味でありがたかったのかもしれないが。

「ああ、それからこのソファはベッドにもなるから、こっちでもいいぞ？」

「だったら最初からそう言えよ！　仕事してくる！」

尖った声で宣言して、拓未は書斎へ向かった。背中に感じる浩二郎の視線など、綺麗さっぱり無視してやった。

大学に通いながらのアルバイトは、考えていたよりもずっとハードだった。

何しろ、やることが多い。掃除と洗濯、買いものと食事の支度、そして様々な整理。通学時間が短いのは助かるが、仕事は山積みだった。

おかげで余計なことは考えずにすんでいる。最初は、好きな男と寝起きを共にしたり、セクハラをされたりというのは、いろいろと自分的に問題なんじゃないかと思っていた。だが顔をあわせているうちの半分くらいは、拓未がぷりぷり怒っていて恋心を意識するどころではなかったし、すぐに状況にも慣れてしまって、今では適当にあしらうこともできるようになっていた。そして浩二郎も、ベタベタと触ったりはしてくるものの、強引にことを進めたりはしない。あくまで、からかっているといった感じだった。

口ではいろいろ言いながらも、ようするに拓未になど食指は動かないということなのだろう。ほっとしたような、がっかりしたような、複雑な気分だった。とにかく、そんなわけで思ったよりも普通にやれている。

だが、休日に家にいるのはやめてほしいと思う。出かけてくれれば顔をあわせないですむし、食事の支度も免れたはずなのに、浩二郎は家で暇そうにしていて、じゃまくさいことこの上ない。何が迷惑といって、暇に任せて拓未をからかってくるのが困る。ウィークデーは帰宅が遅く、ほとんどが一人での夕食だったのでよかったが、二回目の土曜日の今日も、やはり「雇い主」は暇そうに近くに居座り、思いついたように茶々を入れたり、触ってきたりする。

「暇ならDVD観るとか、昼寝するとかしてろよ」

「ちゃんと仕事するか、見はってるんだよ」

「そんなことされなくても、今までだってちゃんとやってたろ！　っていうかさ、そこで見てるくらいなら、手伝えよ」

話をしている間も、手は休めない。休めたりしたら文句を言われそうだし、何より早く仕事を終わらせて帰りたいからだった。

そんな拓未の気も知らず、浩二郎は呆《あき》れたように肩を竦《すく》めた。

「なんで雇い主の俺が、バイトの手伝いをしてやらなきゃいけないんだ？」

「もともとこれ、あんたがやるはずだったことだろ。二人でやれば、さっさと片づいて、俺のバイト期間だって短くてすむじゃん。バイト代だって少なくてすむよ？」

正論だという自信はあった。なのに浩二郎は納得した様子も、まして拓未の言葉に動かされるということもなく、相変わらずただじっとこちらを見てくるだけだ。もしかして、これもいやがらせの一環なんじゃないかと思えてきた。

溜め息をつき、拓未はとうとう手を止めて浩二郎の顔を見た。

「あのさぁ、何考えてんの？」

「いろいろ」

人を食った答えに、拓未はムッとした。

「ふざけんなよ。絶対あんたの行動って変だよ。わけわかんねーよ」

「ああ……そろそろ昼にしないか」

「話、逸らすなよ」

「もう一時だ」

「……はいはい、わかったよ」

拓未は投げやりに返事をして、まず洗面所へ向かい、手を洗ってからキッチンに入った。家事も仕事のうちなので、雇い主にランチにしろと言われたら従うしかない。

拓未はパスタを茹《ゆ》で、その間にサラダを作った。パスタソースは朝食を作るついでに、完熟トマトを使って作っておいたのだ。茹であがったパスタにソースをかけ、テーブルに置くと、リビングのソファで待っていた浩二郎がゆったりとやってきた。

少しは手伝え、というのは、心の中だけで言ってみた。

「味が薄い」

食べてすぐ、浩二郎はそう言った。

ほとんど毎食、彼はいちいち文句をつける。この一週間、何度も作ってやった料理に、一度として美味いと言ったためしがなかった。まずいとはけっして言わないし、ちゃんと全部食べるのだが、バランスが悪いだの見映えが悪いだの、量が少ないだの多いだのと、何かしらのケチをつけないと気がすまないらしい。

拓未は黙って、小さなトレイに並べた調味料を浩二郎の前に押しやった。トレイには、塩・コショウ・醤油《しょうゆ》・ソース・ケチャップ・マヨネーズ・酢・マスタードが載っている。薄いなら、勝手に手を加えろという無言の返答だ。明らかにミスマッチなものまで用意しておいたのは、ささやかな皮肉だった。

「なるほど……それでこんなものが用意してあったんだな」

浩二郎の呟きは無視したので、それは彼の独《ひと》り言《ごと》になった。口を利くと余計に腹が立つ結果になるのがわかっているから、拓未はなるべく食事中は会話を交わさないことにしている。ほかのときはともかく、食べているときくらいはケンカをしたくないからだ。

もっともケンカだと思っているのは拓未だけで、浩二郎にとっては、暇つぶしにからかっている程度のことなのだろう。

せっかく調味料を用意してやったのに、浩二郎がそれらを使う様子はなかった。

「夜はステーキにでもしないか。赤ワインをもらったんだ」

「ああ……そういえば、あったよな。いいけど、ワインはいいや。赤って、あんまり好きじゃねーし。白のほうがいい」

「へぇ……」

浩二郎は意外そうな顔をした。

「何？」

「いや、イメージ的に……。志束が白で、おまえが赤って感じがするからな」

「なんだよ、それ。勝手に決めるなよ。俺の好みの問題だろ」

赤だと言われて、ムッとしてしまう。渋いという意味なのか酸味があるという意味なのか、それとも色によるイメージの問題なのか。確かに志束のほうが柔らかくはあるだろうが、彼が甘いかといえば、それはまた違うだろう。

拓未はむっつりとして、黙々と食べ続けた。また気分が悪くなった。

やがて食事を終えて片づけをしながら、拓未はソファでテレビを観ている男を、盗むように見た。

こうして見ている限りでは、これといった欠点のない男だと思う。顔立ちが整っていることに異議を唱えるつもりはないし、あまるほど長い脚《あし》を片側だけ立てて、そこに肘《ひじ》を載せている様なんかは、計算などしていないだろうにやたらと絵になっている。おまけに実家は資産家で、本人は駆けだしとはいえ弁護士だ。

（見た目は、文句のつけようがないよな。頭と運動神経とかも……）

ただし、こと拓未に対しては、いろいろと問題がある。

いつの間にか、手を止めてじっと見つめていたらしい。拓未がそれに気づいたのは、浩二郎が急にこちらを見て、視線がぶつかったときだった。

はっとして、慌てて食洗機のスイッチを入れていると、かすかに笑う気配がした。

「なんだ？　見とれてたのか？」

「そんなわけねーだろ！　暇人めって思ってただけだ。あんたさ、どっか行きなよ。休みの日に、することもねーのかよ」

朝から家にいる浩二郎に、拓未はうんざりした口調を作って言った。

「俺が休みにどこで何をしようと、俺の勝手だろう」

「遊んでくれる相手もいねーの？」

友達という意味で言ったのに、帰ってきた言葉は拓未を唖然《あぜん》とさせるものだった。

「いるんだが、別に会いたくない。彼女っぽい相手も同じ」

「彼女っぽい……って……」

拓未は眉をひそめて浩二郎を見やった。

「誘えば乗ってくる相手は何人かいるんだが、今日は会いたい気分じゃない」

「ああ、そう」

やはり外見はともかく、中身は問題ありだ。故意に軽蔑《けいべつ》のまなざしを作って、また書斎へ戻ろうとすると、のんびりと声をかけられた。

「デートしようか？」

「はぁ？」

胡乱《うろん》な目で――というよりも、何言ってんだコイツという目で、拓未は浩二郎を見た。あまりに唐突で、動揺する余裕もなかった。

「すっかり忘れてるようだが、おまえは志束の代わりに来てるんだぞ」

「……別に忘れてなんかねーし、あんた言ってることおかしいじゃん。バイトのついでに志束を口説くつもりだったんだろ？　なんでいきなりデートなんだよ」

「まず口説いてほしかったのか？」

「あんた、耳か頭がおかしいんじゃねーの」

「相変わらず、可愛い顔して口が悪いな。バイトに来るようになってから、ますます悪くなったな」

「……は？」

予想外のことを言われて、まじまじと浩二郎の顔を見つめてしまう。

志束の顔に対してならば、ここに来てからも耳にたこができるくらい聞かされてきた。可愛いとか綺麗だとか、何げない視線が色っぽいとか。だが今まで拓未の顔に関しては、「同じ顔」以外のことは言ったためしがなかったのだ。

どうしていいのかわからなくなって、目を逸らした。まっすぐに浩二郎の顔を見ることができなかった。

「おまえは表情がくるくる変わって、面白い。退屈しないよ」

褒められているわけではないとわかっているが、嬉しくなってしまう。少なくとも浩二郎にとって拓未は、退屈しない程度の意味はあるらしい。たったそれだけのことで喜んでしまう自分は滑稽《こっけい》だと思うのに、上手く笑えなかった。

「映画でも観よう。帰りにどこかで食事だな。久しぶりに美味いものを食わせてやるよ」

「……悪かったな、いつもはまずくて」

「そうでもない」

さらりと告げて、浩二郎は寝室に向かう。どうやら出かける支度をするようだ。

一方的に決められた予定につきあういわれはない。拓未はアルバイトに来ているのだし、浩二郎と二人で出かけるのは避けたい。

すると見透かしたように、浩二郎は振り返って言った。

「今日は、仕事してもバイト料はやらないぞ」

「なんだよそれ」

「いいから一緒に来い。交通費も映画代もメシ代も出してやるから。メシは、おまえが好きな寿司《すし》にしよう。もちろん回転しない寿司」

意外な驚きでもって、拓未は条件を聞いていた。浩二郎が拓未の好物を記憶しているなんて、思ってもいなかった。

「どうした？」

「……別に」

キッチンでうつむいて、拓未はどうしようかと迷った。行きたいような、そうでないような。自分の気持ちがはっきりしないことなんて初めてで、どうしたらいいのかわからなかった。

「ちなみに拒否権はなしってことで。これもバイトの一環だ。いいな？」

「ちょっ……」

寝室に入っていく浩二郎を見つめていた拓未だったが、やがて自分の格好をあらためて見た。それなりに体裁は整っているが、着替えたほうがよさそうだと、ソファのところへ行く。

こうなったら腹をくくるしかない。家で一緒にいるのも、外でいるのも同じことだろう。そう言い聞かせた。

拓未の着替えが詰まったバッグは、ソファのそばに置いてある。その中から一番マシだと思う服を引っぱりだした。

カットソーに着替えて、大学に行く際に持つバッグを手にとったとき、浩二郎が支度をすませて現れた。タンクトップに開襟《かいきん》のシャツ、そしてジーンズという、仕事に行くときとは違うラフな格好だ。こうして見ると、年よりも少し若く見えるかもしれない。

「なんか、ちょっと老《ふ》けた大学生って感じだよな。全然弁護士っぽくない」

「じゃ、今日は大学の先輩後輩ってことで」

「いくらなんでも、それは図々しいだろ」

呆れて呟きながらも、拓未はおとなしく浩二郎の後についていった。まだこちらの地理には詳《くわ》しくないから、今日はお供でいるしかない。思えば繁華街に行くのは、上京して初めてだった。今まで余裕がなくて、大学とマンションを往復する毎日だったのだ。

「……こっち来てから、遊びに行くの初めてだ」

「そうなのか？」

「休みの日も、出かける気にならなくてさ。場所とか店とか、全然わかんねーし」

「なるほどね。だったら渋谷《しぶや》とか新宿《しんじゅく》のほうがよかったかな」

独り言《ご》ちながらも、浩二郎が向かった先はそのどちらでもなかった。マンションからほんの三分ほどのところに駅はあり、そこから渋谷までは電車で三駅だ。だが浩二郎は地下鉄で、職場がある銀座《ぎんざ》へ拓未をつれてきた。

「銀座とか有楽町のほうが店を知ってるんだ。子供も少ないしな」

「……はぁ」

浩二郎が言うところの「子供」には、間違いなく拓未の年代も入っているのだろう。確かにこの界《かい》隈《わい》は全体的に年齢層が高い。

「え……そっち観んのっ?」

同じ建物内で、いくつも映画がかかっている中、浩二郎は迷うことなく話題のホラー作品の列に並んだ。チケット購入のための列だ。

「なんだ、いやなのか?」

「っていうか、あっちのほうがいいかなって思ってさ」

隣の窓口は、ハリウッドのパニックものだ。おそらく始まって間もなく不測の事態が起き、その後は延々と逃げまどったり立ち向かったり脱出したりというシーンが続くのだろうが、それでもホラーよりはずっといい。

「怖いのか?」

「違う。言っとくけど、怖いわけじゃないんだからな。こういうのって、わっと出てきて驚かすじゃん。それがいやなんだよ」

「なるほどね。てっきり怖がりなんだと思ってたよ」

断じてオカルトが苦手なわけではない。怪談話は平気だし、心霊スポットと呼ばれている場所を怖いと思ったこともない。ただ音と映像で人を驚かせる演出が苦手なだけだ。いや、それだけでもないのだが……。

「あと、内臓出たりとか、ぐちゃぐちゃになったりとかも、だめだけど……」

「じゃ、これは観せてもつまらないな。別のにするか」

「い……いやがらせかよ！」

「人聞きが悪いな。たんなる興味だ。昔から、志束はぼーっと観てるのに、おまえはなんだかんだ言って逃げてたからな。どんな反応をするのか確かめたかったんだよ」

あくまで興味を強調しながらも、浩二郎は列から外れた。そうしてパニック映画の列に並んで、夕方からのチケットを購入した。どうやら全席指定らしい。

浩二郎の真意は不明だが、とにかくホラーは回避できた。ほっとして、拓未はチケット売り場から離れていく背中を追いかけた。

映画の後でつれてこられたのは、銀座の裏通りにある、どうやら有名らしい寿司店だった。ビル全体が店の持ちもので、拓未たちは上階のカウンター席に通された。

寿司は好きだが、正直どう注文していいのかはわからない。伯父たちと暮らしていたときは、常に地元の店の出前で、店では食べたことがなかったのだ。

結局、お任せということになった。

意外なことに、それほど拓未たちは浮いていなかった。あくまで思ったよりはだが、若い客もちらほらいる。老舗《しにせ》だが敷居はあまり高くないようだ。浩二郎も何度か来ているらしく、目の前にいる職人とは顔見知りだった。

「スーツじゃないんで、最初はどなたかと思いましたよ」

「いつもより若いでしょう」

「確かに」

他愛《たあい》もない言葉を交わした後、浩二郎は隣に座る拓未をちらりと見やった。

「今日は上京したての従兄弟をつれてきたんですよ。寿司が好きでね。こっちに来たら、ここの寿司を食べさせてやろうと思ってたんです」

驚いて、拓未はまじまじと浩二郎の横顔を見つめてしまった。

これではまるで、従兄弟思いの優しい好青年ではないか。外面がいいにもほどがある。ここに座っているのが志束ならありうる話だが、そうなると今度は寿司という選択が通らなくなってくる。志束はそれほど寿司が好きというわけじゃないのだ。

だが人前なので、拓未は黙ってお通しを食べていた。

　やがて一つめの中トロが出てきて、シャリの大きさを尋ねられた。客の好みにあわせてくれるらしい。それから次々と、いろいろなネタが出てきた。

　人前だからか浩二郎もいつもの軽口を封印している。端《はた》から見たら、仲のいい従兄弟同士に見えることだろう。会話が少ないのも、拓未がおとなしい青年だと思ってくれさえすれば不自然ではない程度だ。

「美味いか？」

「うん」

「一通り出してもらったら、好きなものを握ってもらえ。穴子が好きだったろう？　ここのは美味いぞ。塩とツメの二種類で食わせてくれるんだ」

　またも驚かされた。ネタの好みまで知っているなんて、思ってもいなかった。

「……伯母さんか誰かに聞いたのか？」

「何が？」

「俺が穴子好きだって……。あ、それとも志束？」

　わざわざ誰かに質問したとは思っていなかった。話のついでに出たのを浩二郎が覚えていたというのは、おおいに考えられる。この男は昔から、記憶力がすこぶるいいのだ。

「そんなことくらい、わざわざ訊かなくても知ってるよ」

「でも……」

一緒に寿司を食べた記憶なんて、拓未にはなかった。伯父の元へ引きとられたのは小学五年生の一月で、そのころ浩二郎は大学受験生だった。思い返してみても、それほど切羽詰まった受験生ではなかったと思うが、あまり長く一緒にいたことはなかったはずだ。そしてその春から、彼は東京で一人暮らしを始めてしまった。しょっちゅう帰っては来ていたが、その際に寿司を一緒に食べたことはなかったように思う。

「まだ叔父《おじ》さんたちが生きてたころ、うちでみんなで食ったことがあっただろう？　覚えてないか？」

「……そうだっけ……」

「確か亡くなる二年くらい前だ。おまえ、穴子だけ狙って食ってたんだよ」

「あっ、思いだした！　あんたが最後の一個食っちゃったんじゃん」

「そうそう。間違えたふりして、盗ったんだよ。涙目で睨んできて、面白かったな」

思い出話をする浩二郎は、本当に楽しそうだ。だが当時、彼は高校一年生だった。小学生相手に、よくそんな子供じみた真似をしたものだと、いっそ感心してしまう。いや、今だってそうだ。彼が拓未に言ったりしたりすることは、とても二十代も半ばの弁護士の言動ではない。

意外に子供っぽいところがあるらしいと、今になって気がついた。あるいは拓未が大人に近づいてきたことで、昔ほど浩二郎との差がなくなったのかもしれない。

端整な横顔をちらりと見て、思わず笑みを嚙み殺した。落ち着いているとか、老成しているとか言われている男には、実はとんでもない一面があるようだ。

「そういや、拓未。おまえはどうして、俺に突っかかってくるんだ？」

「あんたがムカつくこと言ったりしたりするからじゃん」

「その前からだったぞ。幼稚園に上がったころには、もう俺への態度は悪かったからな」

断言されて、拓未は押し黙った。そんな昔のことを言われても、覚えてなんかいなかった。むしろ浩二郎の態度こそが原因だと思ってきたのに。

では拓未の態度が悪くて可愛くなかったから、意地悪だったというのだろうか。

「……相性が悪いってことじゃねーの」

溜め息まじりに呟いたら、まるでうんざりしたような響きになってしまった。浩二郎はふうんと相づちを打ったきり、この話についての言及はしなかった。

「そういえば、なんで志束を呼ばなかったんだよ？」

沈黙がつらくなって、拓未は自分から話を振った。相性という言葉から、頭の中には自然と志束のことが浮かんだのだ。浩二郎と志束の相性がいいかといわれたら、それは微妙なところなのだが、少なくとも自分よりはいいだろうと思っていた。

「呼んでほしかったのか？」

「そういうわけじゃないけど……。それに、どうせ志束は昨日から大学の友達のところに泊まってるしさ」

「へぇ……もうそんな親しい友達ができたのか。なんだ、志束のほうが遊ぶ余裕があるんじゃないか」

「っていうか、その友達が志束にメシ食わせようとして、がんばってくれてるみたいでさ。俺がいないから、ちゃんと食ってなかったみたいで……」

「困った子だな。で、今はその友達が見てくれてるわけだ」

「まぁね」

電話で少し話した限りでは、よさそうな男だった。拓未の判断でもそうだったし、何よりも志束が信頼しているのだから間違いない。

志束はぼうっとしているから、いかにも騙《だま》されやすそうに誤解されがちだが、人を見る目はそれなりなのだ。

「気になるか？」

「そりゃね。志束は、いろいろとさ」

「確かに一人で放っておくのは問題があるかもしれないが、今回は友達に任せればいい。志束には志束のつきあいってものがあるんだし、いつまでもくっついてるのはよせ。自立しろ」

暗にじゃまだと言われた気がした。浩二郎にしてみれば、いつまでもワンセットでいられたら、志束を口説くに口説けないということなのだろうか。

いや、それよりも気になる言葉があった。浩二郎は自立を「させろ」ではなく「しろ」と言った。つまり志束ではなく、拓未が自立できていないという意味だ。

ひどく心外だった。

眦《まなじり》を上げる拓未に、少しも気にしたそぶりも見せず、浩二郎は言った。

「実は今、かなり快適なんじゃないか？」

「大学に近いって点だけはね」

「うちの話じゃない。志東とようやく別々になれたわけだろう。気が楽になったんじゃないか、って話だ」

「どういう意味？」

眉をひそめて、浩二郎を見つめた。皮肉でもなければ、揶揄でもない。意外なほど真剣な口調だったから、余計に引っかかった。

「大学では、いつも比較対象だった志東はいないし、周囲にも双子の片割れって意識はないはずだ。あくまで佐原拓未っていう一個人だろう？」

「何が……言いたいんだよ」

「別に。それぞれの大学で、さぞかし目立ってるんだろうなと思っただけだ。志東もよさそうな友達ができたらしいしな」

意味がよくわからなくて、返す言葉も見つからなかったし、どういった感情を抱いたらいいのかもわからなかった。

「俺だって……」

「ああ、そうだな。おまえは昔から、どこへ行っても人気者だったしな」

「とっつきやすいからね。あんたも外面いいから、友達は多いだろ」

「まぁ……そこそこね。ただ、多ければいいってものじゃないからな。なんでもそうだろう？」

暗に、おまえもそうだろうと言われている気がした。まるで拓未の気持ちを見透かしているかのようだ。

実際、拓未は志束を羨んでいる。たとえ周囲の人たちの多くが自分をかまってくれても、好いてくれていても、浩二郎から大事にされている志束の立場のほうを望んでしまっている。まして、拓未が知らない間に、志束はとても大切な相手と出会ったらしい。

黙りこんだ拓未に、浩二郎は笑いながら続けた。

「おまえ、ほしいものが……そうだな、たとえば好きになった相手に恋人がいたとしたら、どうするタイプ？」

「は……？　何、それ。なんでいきなりそんな話になんの？」

唐突な話題についていけない。拓未は眉根を寄せて浩二郎を見つめた。

「参考までに。おまえたち、性格は似てないと思ってたら、意外に共通点がありそうだからな」

「俺と志束？　そんなこと言われたの、初めてだよ。俺の意見なんか聞いたって、参考になんかならねーぞ」

「いいから、答えろよ」

重ねて問われ、拓未はうんざりと溜め息をついた。だが、そんなに志束のことが知りたいのだろうかと、半ば自棄《やけ》になったせいもあって、小声で吐き捨てるように返した。

「諦《あきら》める」

「つまらない答えだな。もう少しアグレッシブな答えを期待してたんだが……」

「あんたは違うの？」

「俺は諦めないからな。自分のものにするために努力するよ」

「ふぅん……」

迷いのない横顔だと思った。とても拓未には無理だとも思った。

少なくとも拓未は浩二郎に対して、何一つ努力はできない。仮に志束のことがなくても、自分から好意を示すことはできないだろう。いや、そもそも浩二郎が志束にキスしようとしなかったら、自分の気持ちに気づくこともなかっただろうし、何かの拍子に気づいたとしても、男同士だからと二の足を踏んで、一生本心を押し隠したはずだ。

何か言ったほうがいいかとも思ったが、浩二郎が職人と話し始めてしまったので、拓未は黙って寿司を食べ続けた。

やはり仕事を早く終わらせて、早く帰ってしまおう。心の中で、拓未はそう決意した。

なんだか少し前から気分が落ち着かない。指先がこつこつとラウンジのテーブルを叩く音が、さっきから周囲に響いている。

胸騒ぎというほどのことでもないが、理由がないときのこれは、志東の精神状態が安定していない合図だ。

拓未は昔から、志東の感情をよくキャッチしてしまう。子供のころなどはシンクロしているかのように伝わってきたし、ときには痛みまで感じたものだが、さすがに今はそこまではなくなっている。感情もマイナスのものを一部感じる程度で、まったくキャッチできないときだってある。

今のこれは不安だろうか。だがそれほど強いものではない。少なくとも危険が迫っているとか、恐怖を感じているというわけではなさそうだ。

(何やってんだよ、風見《かざみ》)

志東が親しくしている男の名前を思い浮かべ、拓未はいらいらと爪《つめ》を噛んだ。

頼りになりそうだと思ったのに、どうして志東を不安にさせるのか。友達にそこまで求めるのは無茶だと承知しているが、拓未のカンだと、ただそれだけではないはずだ。少なくとも、志東はその男に惹《ひ》かれている。

そういう話が出たわけではないが、何度か志東と話した中で、確信したことだった。

志東が同性に惹かれていると気づいたとき、拓未は苦笑をこぼしそうになった。兄弟揃《そろ》って男を好きになるなんて、なんの冗談かと思った。しかも、ほとんど同じタイミングで自覚しているのだ。もっとも拓未のほうは、自覚が遅かっただけで、好きになったのはもっと以前のことだったが。

「どうかしたんか、佐原」

いらいらしながらテーブルで音を立てていると、親しくしている友人の芳賀《はが》が、ぽんと肩を叩いてきた。

はっとして顔を上げ、拓未はなんでもないとかぶりを振りかける。だが通用しないだろうなと諦めて、曖昧《あいまい》に苦笑をしてみせた。

「弟のことで、ちょっとね」

「ああ……なるほどね」

芳賀は思わずといった様子で含み笑いをし、拓未の前に座った。

「何がなるほどなんだよ」

「ブラコンだなぁ、と。まだ一カ月のつきあいだけど、おまえっていつも弟の心配してるよな」

「うち、親いないし」

「だからって、同じ日に生まれてんのに、おまえが親代わりやることないじゃん」

「そんな大層なもんじゃねーよ。親代わりは、伯父と伯母がちゃんとやってくれてるし。長男って意識は、あるけどさ」

「よっぽど頼りない弟なんだな。けどさ、もう大学生なんだし、そこまで気にすることないんじゃないの？」

極めて真っ当な意見に、返すべき言葉はなかった。過保護だという自覚はある。ときによっては過干渉かもしれないと思うことすらあった。志束の行動パターンに問題があるのは確かだが、拓未の気にし方が常軌を逸しているのも否定できないことだった。

同じようなことを、浩二郎にも言われた。さすがに立て続けに二人に言われたら、考えこんでしまうではないか。

「でも……」

不安感が、さらに強くなる。危機感ではないような気がするが、志束がとても動揺しているのは間違いなさそうだ。

拓未はバッグをつかんで立ち上がった。

「な、何？」

「やっぱ帰る」

「ええ……？」

「悪いけど、今度ノート貸して。じゃな」

相手に何か言わせる隙も与えず、拓未はラウンジを後にした。次の講義は出たほうがいいとわかっていたが、じっとしていられなかった。

志束のことが心配でたまらなかったというわけじゃない。拓未の手助けが必要な状況ではないとわかっている。だがそれを理由に、今すぐ浩二郎のところから帰ってしまいたかっただけだ。自分自身への言い訳だった。

大学を出てすぐに、拓未は浩二郎の携帯電話に連絡を入れた。仕事中の彼が電話に出ることはなく、メッセージを吹きこんで、志東が心配なので帰る、と宣言した。それからマンションに立ち寄って、自分の荷物をまとめた。

ソファベッドの横に畳んで置いてある毛布を寝室に運び入れ、シーツを洗濯機に放りこむ。この二週間、拓未が使っていた食器も食洗機から元あった場所に戻した。

喉《のど》の渇《かわ》きを覚え、飲みかけのペットボトルがあったことを思いだした拓未は、冷蔵庫を開けて五〇〇ミリリットルのそれを手にとった。ドアを閉めてくるりと振り返ったとき、横になっているワインボトルが目に入った。

「……赤、ね」

自然と溜め息がこぼれた。

結局、あの日は寿司を食べたからステーキを焼くこともなく、このワインも開けられないままだった。いくらでも開ける機会は作れたはずなのに、拓未はムキになって魚中心のメニュー、しかも和食を作り続けた。

ボトルをつかみ、ラベルをまじまじと見つめていると、携帯電話が鳴った。

ワインボトルを手にしたまま、ポケットから電話を出してみれば、浩二郎からだった。どうやらメッセージを聞いたようだ。

「……はい？」

『何かあったのか？』

開口一番に、浩二郎は言った。

「たいしたことじゃないと思うけど、ちょっと志束の様子が気になるから」

『わかった。様子がはっきりしたら、連絡してくれ』

それだけで電話は切れた。かなり急いでいる様子だったから、長く話せない状態だったのだろう。

そういえば、外らしく雑音が聞こえてきていたような気がする。

そんなに志束のことが心配だったのだろうか。

嘆息《たんそく》し、拓未は携帯電話と一緒にワインボトルをバッグに押しこんだ。持って帰って料理にでも使ってしまえと思った。

持てあまし気味の感情に、どう折りあいをつけていいのか、よくわからなかった。

その翌日から、以前と変わらない生活が戻ってきた。

連絡なしでいきなり帰ったら、電話で話したことがある風見圭祐《けいすけ》がいて、何やら志束といい雰囲気になっていたが、よさそうな男だったので、まぁいいかと溜め息まじりに志束を任せることにした。

風見という男は、いくらか口が悪いところはあるものの、かなり真っ当で誠実で、そして度胸のすわった人間だった。志束の特殊な能力も自然に受け止めているし、二つ上ということもあってか、とてもしっかりしている。それこそ浩二郎なんかよりもずっと大人なんじゃないかと思えた。

確か前に話したときには、志束に対して下心はないと言っていたはずだが、たんに無自覚だったのかもしれないし、気持ちが変化したのかもしれない。どちらにしても、志束が選んだ男だ。間違いはないのだろう。

「拓未？」

気がつけばぼんやりとしていて、志束に心配そうに声をかけられた。もっとも心配そうだと思うのは親しいからであり、志束をよく知らない者が見たら、淡々とした態度に見えるだろう。

コーヒーをいれようとして、すっかり手が止まっていたらしい。いつの間にか考えの中にどっぷり浸かっていた自分に苦笑した。

ぼんやりするのは志束の専売特許なのにと思いながら、拓未は視線を返した。

「ごめんごめん。ゆうべ遅くまでレポートやってて寝不足なんだよな」

三人分の挽いた豆を量ってペーパーフィルターにいれて、何食わぬ顔をする。すぐにリビングへ戻るかと思ったのに、志東は物言いたげな顔で横に立っていた。リビングにいる客——風見まで、こちらを見ている。

「……何？」

「うん……浩二郎さんに電話したかなと思って」

「は？」

いきなり何を言いだすのかと、まじまじと志東の顔を見つめてしまう。もちろん志東は真剣そのものだ。

「バイト、途中だって聞いたよ。俺が心配でいきなり戻ったって」

「……あのおしゃべり」

チッと舌打ちして小さく呟くと、なぜか志東は困ったような顔をした。

「向こうで何かあったのか？」

「なんで？」

「拓未の様子が、ちょっと違う気がする。浩二郎さんと……何かあったのか？」

「別に。ケンカみたいなもんならしたけど」

何もないでは通用するまいと思ってそう言ったら、今度は仕方なさそうな表情になった。まるで、物わかりの悪い子供を見るような目だった。

黙って視線を向けると、志東は特にためらいもなく、そして当然のようにさらりと言った。

「ケンカには、ならないだろ？　あの人、拓未が可愛くてからかってるだけだし」

またその話か――と思う。

異様なものを見るような目で、志束を見てしまった。

志束曰《いわ》く、浩二郎は拓未のことが好きらしい。志束を可愛がりはするが、昔から拓未のほうを気に入っていたと。

返すべき言葉も見つからず、代わりに拓未は溜め息をついた。

「どうかなぁ……」

「とにかく浩二郎さんに電話したほうがいいと思う。今日の夕方も電話してきて、いつ戻ってきてくれるんだろうって、溜め息ついてたし」

「……それは嘘だろ」

小声でぼそりと呟いたことは、志束には聞こえなかったようだ。別に志束が嘘をついているとは思っていない。志束はそんな嘘をつく人間ではない。ついたのは浩二郎だ。

心にもないことをさも本当のように言って、志束を騙すなんて。

拓未は志束に目を向けず、黙ってコーヒーをいれると、志束と自分、そして客である風見のカップに注ぎいれた。

「電話してくる」

仕方なく、拓未は自分のカップを手に部屋に戻った。ここでしないと突っぱねるのはどうにも子供じみているし、客の手前、みっともないところも見せたくなかった。

携帯電話で時刻を確かめて、登録したナンバーにかける。志束と電話で話していたくらいだから、あっちはそれほど忙しくないのだろう。

ベッドに上がりこんで座り、脚を投げだした格好で待っていると、回線が繋《つな》がった。

『はい？』

「あ……俺だけど。あんたさ、志束に変なこと言うなよ」

『おまえがちっとも連絡を寄越《よこ》さないからだろう？　あんな帰り方をして、トラブルがないかどうか気になるのは当然じゃないか』

「それは……そうだけどさ……」

どうにも分が悪い。志束の件は、半ば口実に使ったようなものだから、なおさらだった。

『志束は問題ないって、言ってたぞ』

「……全然ないわけじゃないと思うよ。言わないだけで」

普通じゃない空気は伝わってきている。志束は一見したところ普段通りだし、具体的なことまではわからないのだが、何かを隠している感じがしてならない。だが以前のように突っこんで訊くことができないのだ。

風見の存在が、拓未にブレーキをかけていた。

どう見たって、志束は風見のほうを頼っている。すべてにおいてとは思わないが、彼らだけに通じる何かがあるのは確かだ。

拓未が知らないうちに、志束は見つけた。

もう拓未の手だけが必要なわけではないのだ。いや、もともと志束は、拓未の手なんか必要としていなかったのかもしれない。

本当に必要としていたのは、拓未のほうだったのかもしれない——。

『拓未？』

「あ……何？」

『どうかしたのか？』

「別に」

そっけなく言ったのは故意じゃない。本当に、訊いてほしくなかっただけだ。

今さらのように、浩二郎の言葉の正しさを思い知らされる。そして芳賀の言葉も。自分のことが一番わかっていなかったのは、自分自身だったわけだ。

『問題があるんだろう？　大丈夫なのか？』

「あるみたいだけど、俺やあんたの出番はないみたいだよ」

『志束がそう言ったのか？』

「言わないよ。でも俺に黙ってるってことは、そうってことじゃん。あんた、言ったよな。志束には志束のつきあいがあるって。たぶん、それで正解」

志束には自分がいなくてはだめなのだと、決めつけていた気がする。自覚はしていなかったが、ずっとそういう意識を持っていたと思う。

ずいぶんな奢《おご》りだ。

『拓未……』

ほんの少し、宥《なだ》めるような響きが含まれている気がした。いつもの揶揄するような言い方とは、確実に違っていた。

溜め息がこぼれないように注意し、拓未は口を開いた。

「こっちが落ち着くようだったら、週末……えーと、土曜日の昼すぎに行くよ。じゃあ、そのときにまた」

電話の向こうで相手が何か言いたそうなのを察し、拓未は捲《まく》し立てるように言って電話を切った。わざわざかけてくるほどではないだろうと判断したからだが、実際に浩二郎が電話をしてくることはなかった。

リビングに戻ろうかとベッドから下りかけ、すぐにやめた。じゃまをすることになりそうで、遠慮が働いてしまう。

どう見たって両想いの二人だが、まだくっついたわけではないらしい。風見はかなり口うるさく、拓未よりよほど志束の世話を焼くが、肝心なことは言っていないのだろう。あんなに大事にして、下心も含めて恋心を露にしているのに。

端から見ていれば一目瞭然《いちもくりょうぜん》でも、志束に伝わっていないようではすぐにとはいかないだろう。

思わずくすりと笑みをこぼした。

「とりあえず、一回はちゃんと言ったほうがいいと思うよ。風見」

志束は自分に自信がない人間だ。特に他人からの好意には。

ここにはいない男に向かって、助言を口にする。だが直接言ってやるつもりはない。放っておいても、彼らは遠からずまとまるはずだ。

志束が誰かのものになってしまうということだった。

「お役ご免かぁ……」

なんだかとても寂しい。隣にいるのが当然の存在が、急にいなくなってしまったみたいだった。

ころんとベッドに横になり、机に置いたカップから湯気が立ちのぼるのを眺めた。

今まで志束に差しのべていた手をどうしたらいいのかわからない。握り返してくる志束の手に安堵《あんど》していたのは、やはり拓未のほうなのだ。

「なさけねーの……」

もう溜め息しか出やしない。拓未は丸くなって目を閉じた。

思っていたよりも早く、それは訪れた。

志束は昨晩、風見のところに泊まった。ただ泊まっただけでないのは、昨夜のうちに確認ずみだ。拓未が覚悟を決めてから数日で、本当に彼らはまとまってしまったのだ。拓未とは関係のないところで、いろいろとあったらしいが、それもすでに片づいているそうだ。

「悪いけど、しばらく志束預かってもらおうと思ってさ」

土曜の午前十一時に呼びだしをかけたら、風見は歩いて十分強のマンションからこちらにやってきた。おそらく志束はまだ眠っているのだろう。拓未の見立てでは、昼すぎまで目を覚まさないはずだった。

「いいのか？」

「いいから言ってんじゃん。あんた、志束を壊すような無茶はしない男だと思うし。実は結構、細かだよね」

くすくすと笑いながら言うと、風見はむっつりと黙りこんだ。威嚇《いかく》するような目をしているが、ただの照れ隠しだから怖くもなんともない。

やや きつい印象の顔立ちは、整ってはいるが、美形という感じじゃない。切れ長の目に強い意思と知性を感じさせるのは浩二郎も同じだが、まとう雰囲気はまったく違う。一言で風見のことを表すならば、「いいやつ」だと拓未は思っている。一方の浩二郎は、「つかみどころのないやつ」だ。何を考えているのか、さっぱりわからない。

「おい、拓未」

黙っている拓未を不審に思った風見が、せっつくように名を呼んだ。

「ああ、ごめん。とにかく志束を頼むよ。植木の水やりとかで帰ってこないとまずいだろうけど、一人にしとくとまたぶっ倒れるかもしれないからさ」

「まぁな」

溜め息まじりの同意は、記憶に新しいからだろう。志束と風見の出会いは、志束が倒れたのがきっかけだったのだから。

放っておくと食事もろくにしない志束を、風見はどうしても放っておけないらしい。使命感や庇護《ひご》欲《よく》が恋に変わったのか、好きだったから世話を焼いたのかは知らないが、できあがったのはとても過保護な恋人だ。

「今、持ってくる」

拓未は一度引っこんで、昨晩のうちに用意しておいた荷物を手に戻った。中には志束の服と教材が入っている。

「着替えとノートだよ。後はテキストがいくつか。一般教養のは、あんたのを使わせてもらえばいいだろ?」

「まぁ、そうだな」

玄関先に突っ立ったまま、風見は上がろうとはしない。荷物を受けとって、すぐにでも帰るつもりなのだ。

「じゃ、これよろしく」

拓未は志東のバッグを風見に手渡した。これからは薄着の季節とはいえ、数日分の着替えとノートの量は、それなりのものだった。

「おまえは?」

「俺は今日からまた従兄弟んち」

「そうか」

「あんまり連絡しないようにするから、もし志東が気にするようだったらフォローしといて。たぶん大丈夫だと思うけど」

「連絡してくればいいだろ」

「じゃましちゃ悪いじゃん」

にやっと笑って、拓未は風見を送りだす。何やら物言いたげに感じられたが、風見が挨拶《あいさつ》以外の言葉を口にすることはなかった。

閉まったドアを見つめて、ふっと息をつく。これから自分の荷物をまとめなければいけない。

自室に戻ろうとした拓未は、ふと思いついてキッチンへ行き、冷蔵庫からいくつかの賞味期限が近い食材をとりだし、冷凍室から小さな保冷剤を出して一緒に袋へ詰めこんだ。保冷剤は、以前何かを買ったときについてきたものだった。

スニーカーを突っかけて、拓未は部屋を出た。走って追いかけると、エントランスから一〇〇メートルくらいのところに風見の後ろ姿が見えた。

「風見……！」

足を止めて振り返った風見に追い着き、紙袋を差しだすと、怪訝そうな顔をされた。

「なんだ？」

「食材。持っていって使いなよ。俺、一週間くらいは戻らない予定だからさ。志束が好きなクリームチーズも入ってるし」

「へぇ……クリームチーズが好きなのか」

「知らなかったのかよ？」

「嫌いなものは知ってるが、特別好きなものはないみたいな態度だからな」

「そうなんだ……」

志束らしくもあると思う一方で、意外な気もした。訊かれもしないのに自分から言う人間ではないが、風見との仲は、なんでも話しているような印象があったからだ。志束が自らの特殊性を風見に打ち明けたから、勝手にそう思ってしまったのかもしれないが。

「全般的に野菜とかフルーツは好きだよ。後はエビかな。チーズはクリームチーズが一番好きなんだよ」

「ふーん。おまえは？」

「え？」

「おまえも同じようなものが好きなのか？」

「俺の好みなんか訊いてどうすんの」

「双子ってのは、嗜好も似るのかと思っただけだ。おまえとも長いつきあいになるだろうし、知っといたほうが面倒もねぇだろ」

さらりと告げられた言葉は、志束との未来が確実であることが前提となっている。風見はそのつもりなのだろうし、彼ならばしっかりと志束を捕まえておけるだろう。志束から聞いた話では、風見は勘当されているというし家族が障害になることはない。

素直に、羨ましいなと思った。思ったら、自然と柔らかな笑みが浮かんでいた。

「あんたって、いいね。志束があんたに会えて、ほんとによかったよ」

「俺にとられた……とは思わねぇのか？」

「志束は俺のものじゃねーもん。正直言って、寂しいってのはあるんだけどさ、志束が誰とくっつこうが、俺の弟なのは変わんねーじゃん。むしろプラスかな。あんたいいやつだし、話してても面白いしね」

建前ではなく、本心だった。どうやら志束は、拓未と風見が対面を果たす前から、二人は気があうはずだと風見に断言していたらしい。本当はその言葉の裏に志束の不安があったのだろうが、今となっては杞憂《きゆう》でしかなかったと知っているはずだ。

そう、たとえ浩二郎の存在がなくても、志束のことがなくても、風見に恋はしなかった。拓未には確信があった。

「さっきの質問の答え、教えてやるよ。志束が好きなものは、だいたい俺も好きだよ。けど、特に好きなのは少し違うんだ。俺は鶏《とり》の唐揚げとツナが好きなんだよね。ツナ缶のツナ」

浩二郎が覚えていてくれた穴子のことは黙っていた。風見のところで寿司をとることにならない限り、必要はないと思ったし、なんとなく黙っていたい気分だったのだ。

「俺と同じだな。今度来たときに、出してやるよ」

「期待してる」

「じゃあ、これはもらってくからな。ああ、そうだ。なるべく早く戻ってきてやれよ。あいつが寂しがる」

「志束はあんたがいれば平気だよ。じゃね」

拓未はひらひらと手を振って、風見を見送った。

遠ざかる背中を見ていたら、自然と笑みが浮かんできた。志束と風見を羨ましいとは思っても、妬《ねた》ましいとは思わない。風見に対して好意を抱き、信頼できたというのも大きいのだろう。

くるりと踵《きびす》を返し、部屋に戻ろうとしたとき、こちらを向いて止まっている一台の乗用車が目に飛びこんできた。その運転席にいる男を見て、拓未は目を丸くした。

「な……何、してんの……」

聞こえるはずもないのに呟いてから、車に近づいた。拓未を迎えに来たというよりも、志束に会いに来たついでに、拓未を乗せて帰るつもりなのかもしれないと思った。

ほとんど音も立てず、パワーウィンドウは下がった。

「友達か？」

「え？　ああ……うん」

見ていたのかと思いながら、拓未は頷いた。

「泊まったのか？　結構、大荷物だったな」

「あ……うん、まぁね」

今度も肯定するしかなかった。本当のことを説明しようとすると、いろいろと不都合が出る。どうして志束自身が荷物をとりに来なかったのかと問われても、上手い理由が思いつかなかった。

浩二郎に志束と風見の仲を知られたら、いろいろと面倒だ。何しろ、好きな相手に恋人がいようと、諦めたりはしないそうだから。

余計に風見とのことは隠さねばと思う。

「志束は？」

「えっと……友達のとこ。なんか、一緒にレポートやってるみたいでさ」

拓未は何げないふうを装って言いながらも、また志束かと滅入《めい》りそうになっていた。

思えば、拓未が幼いころから反抗的だったというのも、浩二郎が志束ばかりかまっていたせいに違いない。当時の感情を思いだすことはできないが、間違っていないという自信があった。小さいころから、本当は浩二郎に好意を抱いていたのだ。

ずっと逆だと、思いこんできたけれども。

拓未は溜め息をついた。

感情を隠すことが、どんどん難しくなってきている気がする。油断すると、顔が引きつって上手く笑えない。

いい加減に、捨ててしまいたいのに。

こんな不毛な想いなんて、どこかへやってしまいたいのに。

「玄関の鍵はかけてきたんだろうな」

唐突に施錠のことを言われ、拓未はワンテンポ遅れてから頷いた。すると浩二郎は車から降りてきて、拓未の腕をつかむと同時に後部ドアを開けた。

「な、何？」

「いいから、乗りなさい」

向けられた目は据わっていて、拓未はびくっと身を竦《すく》めた。怒っているようには見えないし、腕をつかむ手にもさほど強い力は込められていないと思うのに、どうにも逆らいがたいものがある。

浩二郎にこんな迫力を感じたのは初めてだった。

車に押しこめられても、逆らうことができなかった。

「どこ……行くんだ？」

すぐに走りだした車内で、拓未はおずおずと問いを向けた。浩二郎に対して、こんなに下手に出たことは、かつてなかった。

「うち。迎えに来たんだよ」

「いやでも、荷物ある……し……」

ルームミラー越しに目があった途端、拓未の語尾は小さくなってしまった。

今日の浩二郎はやけに剣呑《けんのん》だ。長いつきあいだが、こんなのは見たことがない。いつも張りついている癪に障る笑みも、今はまったく浮かんでいない。

けっして無口な男ではないのに、浩二郎はまったくしゃべらなかった。

気まずいとしか言いようがない状態だ。自分から話しかけるのも、なんだかご機嫌を伺うようで気が進まず、拓未も黙りこんでいた。

そのまま時間はすぎ、車はすいた道を順調に走った。道を知らないから自分がどこにいるのかはわからないが、走った時間的に、浩二郎のマンションまでそう遠くはないだろう。

やがて大きな通りから、脇道に入った。見覚えのある建物が見えてきたなと思ったら、その一画にある駐車場に車は止まった。

溜め息をついて、拓未は車から降りた。持っているのは家の鍵だけなので、帰るにしても送ってもらうか金を借りるかしないといけないのだ。だったらまずは、こんなことをした浩二郎から理由を聞こうと思った。

促されるまま、部屋へと向かう。その間も会話はなく、一歩進むごとに、拓未はだんだんと理不尽だと感じるようになっていった。

どうして自分が、こんなに小さくならなくてはいけないのか。浩二郎は明らかに不機嫌、もしくは怒っているが、理由がまったくわからない。

(勝手に帰ったから……じゃねーよな。今さらだし。志束がいなかったから、ってわけでもないか。最初から、このテンションだったもんな)

訝《いぶか》りながらリビングに通され、ソファを勧められる。短い言葉をかけただけで、浩二郎はキッチンに入り、コーヒーをいれた。その間、黙りこんだままだった。

コーヒーカップを手に戻ってきても、なかなか話は始まらなかった。いい加減に焦れて、拓未は浩二郎に向き直った。

「あのさ、結局なんなの?」

「さっきの男……大学の友達か?」

「は?」

また風見の話かと、拓未は唖然とした。

「どんなやつなんだ?」

「いいやつ……だよ。あんたと違って」

余計な一言だとわかっていても、口が止まらない。長年の不満もあって、つい当《あ》て擦《こす》るようなことを口走ってしまった。

「ちょっと口やかましいとこあるけど優しいし、人間できてるし度量も広いし。ああ、そうだ。将来は検察官になるって言ってるから、どっかの法廷であんたと対決する可能性もゼロじゃねーよな。あれ、あんたって民事専門だっけ？」

「……泊まったのは初めてなのか？　もしかして、何日もいたのか？」

不機嫌そうに問いを重ねる浩二郎に、ますます拓未の苛立《いらだ》ちは募っていく。ほんの三十分も待ってくれれば、準備万端で来られたというのに、それすらさせてもらえずに、説明もなくここまでつれてこられた。挙げ句、こちらの質問はことごとく無視され、風見のことばかり訊いてくる。

「どうなんだ、拓未」

「なんでそんなこと訊くんだよ！　あんたには関係ねーだろ！」

特別に短気ではない拓未だが、忍耐はとうとう限界を迎えてしまった。

ぷつんという音が聞こえたような気がしたが、次の瞬間には、目の前でもっと大きな音がしたのがわかった。

無論、錯覚だ。だが浩二郎がすうっと目を細めたときに、拓未は確かにその音を聞いた気がした。

「うわ……！」

いきなり肩に担ぎあげられて、そのまま寝室まで運ばれた。あまりのことに茫然《ぼうぜん》とし、ベッドに放りだされるまで、拓未は固まっていた。

すぐさまのしかかってくる浩二郎の様子は、尋常ではなかった。シャツに手をかけたかと思うと、思いきり左右に引かれてしまう。

「な……」

糸が切れて弾《はじ》け飛ぶボタンに、破かれた布地。ボタンがフローリングの上に落ちて転がっていく音を耳にして、ようやく拓未は我に返った。

「何すんだよ……!」

「痕《あと》はついてないな」

「あ、と……って……」

「あの男と寝たか?」

「まっ、まさか!」

泡を食ってかぶりを振ると、浩二郎は探るような目で見下ろしてきた。

ここへ来てようやく、浩二郎が誤解していることに気がついた。だが拓未には、それが不機嫌とどう繋がるのかがわかっていなかった。

「まだなんだな?」

「風見とはそんなんじゃないって。ただの、友達……」

「ただの友達にしては、親密そうだったな。それに、見たことがないような顔で笑ってたぞ?」

「そんなの知らねーよ」

ぷいっと横を向くと、やれやれと言わんばかりの嘆息が聞こえてきた。

「今まで虫がつかなかったからって、安心してたのが間違いだったよ。じっくりとモノにするつもりだったんだが、手ぬるかったみたいだな」

「……なんの話？」

「この状況で、それを訊かれるとは思わなかった」

心底呆れたといった響きだった。だが見下した感じはしないし、揶揄というわけでもなかった。むしろ困惑しているように見えた。

だがこの状況と言われ、拓未が最初に思ったことは「まずい」だった。

逃げようとして躍起《やっき》になってもがいたが、難なく力で押さえこまれてしまう。

以前、同じように組み敷かれたときは、本気で抵抗すれば逃げられると高をくっていたのに、体重をかけて上からのしかかられると、そう簡単にはいかないのだと思い知らされた。

「やめろよ！　代わりにこんなことしたって、虚しいだけだってば……！」

「だから、代わりじゃないんだよ」

「え……？」

「そこまで鈍《にぶ》いと、腹が立ってくるな」

大きな溜め息と一緒に、拓未を押さえつけていた力が緩まる。だが拓未の頭には、一つ前の言葉がぐるぐるとまわっていて、逃げだそうという考えすら浮かばなかった。

「最初から、おまえを狙ってたんだ。志束じゃない」

「だ、だってキスしようとしてたじゃん！」

「おまえに似てるから、ついな。寝顔はそっくりだろ？　おまえに見られたんで、そのままバイトの話に持っていったんだよ。どうやって誘《おび》き寄せようかと思ってたところだったんで、ちょうどよかったわけだ」

拓未は唖然としながら、浩二郎の声を聞いていた。声はちゃんと聞こえているし、話だって理解できている。だがそうなると、今までの認識がすべてひっくり返ってしまうことになる。

「そ……そんなはず、ないじゃん」

「何が」

「だって、あんた昔から志束のことばっかり可愛がって、かまって、優しくしてさ。俺のことなんか、いつもボロクソに言ったりしてたじゃん……！」

「拓未が可愛くて、つい」

悪びれることなく言い放ち、浩二郎は拓未を絶句させた。その隙に、彼は尋ねもしないことをしゃべり始めた。

子供のころは志束のほうが可愛いと思ってたし、周りから微妙に浮いていたのが可哀想《かわいそう》だと思っていたという。自分だけが志束をかまっているというのも、独り占めみたいで嬉しかったと。

「おまえのことは、突《つつ》くと反応が面白くてやめられないって感じだったな。だから、いつからおまえのことが好きだったかは自分でもわからない。自覚したのは、おまえが高校に上がったくらいのころだったかな」

はっきりと「好き」だと言われ、拓未は大きく目を瞠る。鳥肌が立つほどに嬉しいと思いながらも、その何倍も告白を疑う自分がいる。長年培《つちか》われてきた反発心と、ここのところ芽生えた猜疑心《さいぎしん》は、好きの一言で簡単に払拭されるものではなかった。

こんなことを言っておいて、後でまたひっくり返すつもりじゃないだろうか。

本気にした拓未を、笑うつもりじゃないだろうか。

セックスを受け入れさせるための、嘘なんじゃないだろうか。

どうしても、そんなふうにしか考えられない。素直に喜びに浸ることも、自分も好きだと返すこともできない。

戸惑いと疑念を強く瞳に表す拓未に、浩二郎はさらに言った。

「志束はずいぶん前から気づいてたぞ。なんで言わないのかって訊かれたし、あの志束が珍しく、ちゃんと言えって、せっついてきたしな」

「あ……」

それらしいことを、何度も言われた。だがそのたびに、拓未はありえないと言いきって一蹴《いっしゅう》してきたのだ。

志束がはっきり言わなかった理由は、わかるような気がする。仮に逆の立場だったとしても、拓未は浩二郎の気持ちを教えたりはしなかっただろう。志束と同じようにフォローしたり、ちゃんと言えと、せっつくのがせいぜいだ。

「家に呼んで、少しずつ俺を意識させようと思ったんだけどな。とりあえず嫌悪感はなかったみたいだから、可能性はあると思ったし。納得したか?」

問われても、納得なんてできていない。それどころか、また別の可能性が頭に浮かんできた。

「まさか、志束まで騙してるんじゃゃ……?」

「あー、もういい。おまえは好きなだけ俺を疑ってろ。俺も好きなだけやってやる。もう我慢の限界なんだ」

言うが早いか、浩二郎は拓未のシャツを脱がし、続いてジーンズのボタンを外して、ファスナーを下ろした。

「なっ、ちょ……」

「いやなら本気で逃げろ」

「あ、あっ……や……」

いきなり下着の中に手を入れられ、拓未は竦みあがった。だがそれも一瞬で、手の中でゆるゆると弄《もてあそ》ばれると身体中《からだじゅう》から力が抜けていった。

意識や感覚のすべてが、そこに集まってしまったみたいだった。刺激を与えられ、それを気持ちいいと思うことを止められない。

露になっていた胸に顔を埋《うず》められても、拓未には効果的な抵抗などできなかった。

好きな男が、自分を好きだと言って抱こうとしている。まだ信じたわけじゃないし、抱いていいなんて言っていない。だがいやだと思っているわけでもない。だから本気で逃げられるわけなんかないのだ。

「っぁ……」

拓未がどんな想いを抱いていようと、身体はどんどん熱くなっていく。指で擦られているところは気持ちがよくて仕方ないし、しゃぶられている胸も、むず痒《がゆ》いような痺《しび》れているような、とても変な感じだ。

だが、このまま流されてしまうのはいやで、拓未は浩二郎の下で身を捩《よじ》り、上擦《うわず》る声を必死で平坦に保ちながら問いかけた。

「なん、で……俺の気持ちとか、無視してんの……?」

「悪い」

「やっ……あぁ」

愛撫の手は止まらなかった。謝罪の言葉を口にしながら、それでも拓未の気持ちを確かめようとしないことで、あることに気がついた。

謝ったのは「確かめようとしない」ことに対してではない。浩二郎は、そもそも拓未の気持ちに気づいているわけじゃないのだ。てっきり知っていて、その上で抱こうとしているのかとも思っていたのに、違ったらしい。

自分の思い違いに気づき、気の抜けた笑みがこぼれた。

すると浩二郎は、ひどく怪訝そうな顔をして手を止めた。

「なんだ……？」

「さっきの言葉……返すよ。あんただって、腹立つくらい、鈍いよな」

照れくさくて、顔を上げた浩二郎の顔を最後まで見ていられなかった。横を向くと、追うようにして大きな手が伸びてきて、両の頬を軽く挟んで正面を向かせてきた。

視線があわさる。

浩二郎は、滅多《めった》に見られないほど真剣な顔をしていた。

「今のは、俺が好きだって意味でいいんだな」

「……そんなこと言ってない」

赤い顔をして否定したところで、きっと通用しない。わかっていて、なお口を噤《つぐ》んでしまうのは、染みついてしまった浩二郎への意地だ。思い通りになんかなってやるものかと思った。

「だったら、言わせてやるまでだ」

にやっと笑った浩二郎の顔は、なんだかとてもタチが悪そうだった。拓未に意地悪を言ったりしたりするときと、同じ顔をしている。

顎をすくいあげられて、そのままキスをされた。何度か角度を変えて啄《ついば》むように触れてきた後、舌先を入れられた。

思わず、びくっと震えてしまう。

「ふ……ぁ……」

ディープキスなんて、ただ舌を触れあわせていればいいと思っていたのに、浩二郎のキスはそうじゃなかった。歯のつけ根を舌先でなぞられると、ぞくぞくした快感が肌を粟立《あわだ》て、ねっとりと舌に絡《から》みつかれると、身体の芯《しん》から甘い痺れが這《は》いあがってくる。

キスに酔って、思考能力まで奪われているうちに、ジーンズが下着ごと腿《もも》のあたりまで引き下ろされていた。

唇から首、肩から胸へとキスが移るにつれて、下肢《かし》を覆っていたものも剥《む》かれていき、とうとう拓未は全裸にさせられた。

今はまだ、ようやく昼をまわったあたりで、外は当然明るい。カーテンは隙間を作って閉まっており、そこから明かりもこぼれてきていた。

気になるのは室内が暗くないことであって、抱かれることではない。そのことに気づいても、拓未は自分の気持ちをおかしいとは思わなかった。

「ん……カーテン……」

「すぐ気にならなくなるよ」

意に介さず、浩二郎は乳首を強く吸った。

「ぁん……っ」

今まで、あることとさえ意識していなかった場所を愛撫され、拓未は感じてしまった。舌先で転がされ、軽く歯を立てられて、とても声を抑えられなくなる。

反対側も指の腹で擦られ、じんわりとした甘い感覚に全身が包まれていった。

いつの間にか、浩二郎も上半身が裸になっていた。

さんざん乳首を舐めたり擦ったりして、拓未を長いこと喘《あえ》がせてから、浩二郎はようやく胸元を離れていった。キスをしながら少しずつ下へ向かい、指先でも肌を撫でて、やがて唇はさっき指で弄っていたところに辿《たど》り着いた。

半ば立ちあがったところに、舌を寄せられる。

拓未は甘い悲鳴を上げるのと同時に、びくりと腰を跳《は》ねさせていた。

「あっ、ぁ……んん」

柔らかな舌で愛撫されるのは、指でのそれとはまた違う気持ちよさがある。そのまま溶けだしてしまいそうな感覚だ。

舌を這わせながら、浩二郎は指でもっと奥に触れてきた。わかっていたことだが、いざ他人に触れると、身体が固くなってしまった。

すると浩二郎が顔を上げて、意外そうに言った。

「ここは初めてか？」

「当たり前、だろ……っ」

「さっきのやつは、本当に友達なのか」

「そう言ったじゃん」

どうやら今の今まで、風見とのことを疑っていたらしい。

心外だった。風見に関しては、いろいろと評価が高い拓未ではあるが、こんなことをするのはごめんだ。向こうだって同意見だろう。

「そうか」

やけに嬉しそうに指先が動く。

恋人がいても関係ないようなことを言っておきながら、実のところ結構こだわりはあるらしい。

一度離した指を、浩二郎はぺろりと舐める。そのしぐさがひどく官能的で、拓未は不覚にもドキッとしてしまった。

濡《ぬ》らした指が戻ってくる。そうして唾液《だえき》を塗りつけるようにして何度か撫でた後、ゆっくりと拓未の中に入ってきた。

「ひぁっ……」

「力は入れるな」

やんわりと命じられるが、なかなか身体は思うようにならない。それでも、少しずつ動かされているうちに、強《こわ》ばりも徐々に溶けていった。

出し入れされるたびに、そこが熱くなっていく。

痛みはないが、異物感が強い。気持ちがいいとは思えなかったが、触っているのが浩二郎だと思うだけで、ひどく満たされた。

激しかった異物感は、やがて馴染むようにして消えていった。代わりに弄られているところが、疼《うず》くようになって、その感覚を拓未は持てあました。

「や……っ、そこ……んっ、あん」

今すぐにでもやめてほしいと思い、もっとしてほしいと思う。自分の身体のことなのに、わけがわからない。

目を閉じていると、指が出入りする淫猥《いんわい》な音と、拓未の喘ぎ声だけが聞こえてくる。それを恥ずかしいと思うほどの余裕はなかった。

後ろを指で穿《うが》ちながら、浩二郎はきわどいところにキスをしてくる。

「あ、んん……っ」

脚のつけ根や腿にキスをするのは、宥めるためなのだろうか。飽くことなどないように、繰り返し唇を感じた。

気がつけば恥ずかしいほど脚を開かされていた。

時間をかけて、そこが慣らされていく。身体はもうすっかり緩んでいて、指を増やされたときも、今度はさほど力も入らなかった。

あちこちを愛撫されながら後ろをほぐされ、三本の指が楽に出入りできるようになると、浩二郎はそれらをあっさりと引き抜いた。

「うんっ……」

思わずほっと息をつきながらも、どこか物足りなさを覚えてしまっている。そんな自分に拓未はうろたえた。

何を求めているのか。何がほしいのか。

上手く働かない頭では、いくら考えたって無駄だ。代わりに本能が、正しい答えを導きだした。

無意識に、視線が浩二郎を誘っていた。

身体を繋いで、一つになって、好きな男をもっと感じたい。それがどんな感じなのか、拓未にはまだわからないけれども、浩二郎にならば自分を明け渡してもいいと思った。

「ゆっくり息吐いて、力を抜けよ」

いつになく優しく囁かれ、拓未は戸惑ってしまう。

ほしいと思い、あげようと思いながらも、いよいよそのときになったら、どうしても身体に力が入ってしまった。

顔を見たいからと言われて、正面から脚を抱えあげられ、さんざん指で弄られたところに、高まった浩二郎のものを押しあてられた。

無意識に逃げそうになった腰を、浩二郎は難なく引き寄せる。そして少しばかり強引に押し入ってきた。

「あっ、ああ……！」

痛みは想像していたほどじゃなかったが、開かされ、中に異物がいっぱいに入っているという感触は、拓未に悲鳴を上げさせるには十分だった。まるで串刺《くしざ》しになったみたいで、内臓がせりあがってくるような圧迫感がある。

じりじりと入ってくるのを感じながら、拓未は柔らかな枕《まくら》をきつく握りしめた。

髪を撫でられて、うっすらと目を開ける。そのときになって、浩二郎の動きが止まっていたことに気がついた。たぶん全部入ったんだろう。

「余裕なくてごめんな」

らしくもなく謝ったかと思ったら、浩二郎はすぐに動き始めた。

突き上げる動きはけっして乱暴ではないが、初めて男を受け入れる身体には、かなりきつい。だがごまかすように前を擦られれば、それはとても気持ちがいい。

強弱をつけて何度も繰り返され、拓未の感覚はだんだんと曖昧になっていった。

「ぁあっ、ぅ……あん」

上げる声が甘ったるいものになっていたことに、ふと気がついた。だからといって、もう止められなかった。

枕をつかんでいた手をとられ、手のひらにくちづけられた。

この手で、浩二郎の手を握り返していいのだろうか。今まで志束に伸ばしてきた手で、背中にしがみついていいのだろうか。

「枕なんかつかんでないで、俺につかまってろ」

「う……ん」

おずおずと、広い背中に手をまわす。ひょっとしたら、キスをしたときよりも恥ずかしくて、緊張したかもしれない。

拓未が抱き返すのを待って、浩二郎は再び突きあげてきた。

つかまっていると、少し安心した。あるいは強く感じる相手の体温のせいかもしれない。

好きな相手と繋がって、身体の深いところで相手を感じて。

「拓未……」

掠《かす》れた声で囁かれ、拓未はびくっと、浩二郎の腕の中で震えた。深いところから、ひどく甘いものがこみあげてきた。

「あ、ぁっ……!」

快感に震えながら、浩二郎にしがみついた。

閉じた目からすうっと涙がこぼれていったが、自分がどうして泣いているのかはわからなかった。

きっと感情ではなく、身体が勝手に流した涙なのだろう。

揺さぶられ、弱いところを弄られて、身体は限界に近くなっていた。深く突かれ、そのまま弄られていた先端を指で抉《えぐ》られて、拓未は声を上げて仰《の》け反《ぞ》った。

「やっ……も、い……く……あ、あぁっ」

びくびくと全身を震わせながら、強く抱きしめてくる腕と、名を呼ぶ声を、ひどく満たされた気分で感じた。

絶頂の余韻が引いていくまでには、少し時間が必要だった。その間、浩二郎は汗で濡れた髪を優しげに撫でてくれていた。

いつになく優しくされて、拓未はひどく照れくさくなる。

なんだかとても据わりが悪い。

こんなときだからいいが、常日頃から志束にするみたいにされたら、拓未は耐えきれなくなってしまいそうだ。

目を開けて、そっと浩二郎を見あげると、待っていたように彼は身体を離していった。

浩二郎は長い腕で拓未を抱き、羽毛布団を胸元まで引きあげる。

触れあっている肌を意識したら、急に恥ずかしくなってきた。身体の熱と一緒に、冷静さも戻ってきたらしい。

「なるほどな……」

やけに感慨深げに、浩二郎は呟いた。

「何が……なるほど……？」

「いや、泣き顔を見るにはこうすればよかったんだな、と思って。このほうが、可愛いし」

「ば……っか、言うな……っ」

慌ててごしごしと目元を拭っていると、手首をつかまれてじゃまされた。

「よせ。傷がつくぞ」

「あんたが変なこと言うからだろ」

言い返しながら、拓未は変わらない浩二郎の態度にほっとしていた。やはり自分たちは、こういうほうがいい。

口はともかく、手だけは甘い恋人そのもので拓未の目元や髪に触れながら、思いだしたように浩二郎は言った。

「あとで、着替えを持ってこないとな」

「着替……あっ、俺のシャツ！」

はっと息を呑《の》み、ベッドの隅のほうでくしゃくしゃになっていたシャツに手を伸ばした。相変わらず浩二郎の腕は離れていかないが、それくらいの行動はとれる。

広げてみて、拓未は目を剝いた。

ボタンが飛んだだけではなく、生地が破けてしまっているところがある。ちょっと縫《ぬ》えばすむという程度ではなかった。

「気に入ってたのに……」

「代わりのを何枚でも買ってやるよ。俺のじゃサイズがあわないしな。動けるなら、一度おまえのところに寄って着替えをとってから、買いものに行こうか？」

「……無理」

正確には、気力がないというべきか。身体のほうは問題ないが、これからシャワーを浴びて身支度を整え、外出するというのがいやだった。

拓未は大きな溜め息をついて、恨みがましい目を浩二郎に向けた。

「あんたが急につれてくるからだよ」

「悪いな。つい」

「また『つい』かよ。そればっかじゃん。変な誤解もするしさ」

「お互い様だ」

「俺の場合は、あんたがそういうふうに思わせてたからじゃん！　そう……そうだよ。あんたってさ、志束のことはどう思ってるわけ？」

誰よりも志束のことを気にかけ、かまっていたくせに、好きなのは拓未だと言った。だから、とても気になってしまった。

やや緊張しながら答えを待っていると、浩二郎は迷うことなく返してきた。

「純粋に可愛いと思ってるよ。弟だな」

その答えに、拓未はほっとした。同情から可愛がっていたわけでも、拓未への当て擦りでもなく、ちゃんと志束に対する肉親の情だというならば、何も言うことはない。胸のつっかえは、溶けてなくなった。

「じゃあさ、俺は弟じゃないんだ?」

「恋愛感情を自覚した瞬間に、従兄弟でも弟でもなくなったな。志束はとにかく可愛い。で、おまえの場合は、いじめたいほど可愛い……だ」

「ガキ。あんたガキじゃん。二十五にもなって、バカじゃねーの」

「俺がガキなのは、おまえが絡んでるときだけだよ」

さらりと告げて、浩二郎は手のひらを拓未の頬に添えてくる。その目は真剣で、どこか熱を帯びていた。

間近から視線をあわせられ、拓未は逃げるように目を逸らしてしまった。

こういう雰囲気は苦手だ。どうしていいのかわからなくなる。これだったら、セックスをしていたほうが、よほど恥ずかしくない。

うろたえている様を見て、浩二郎はふっと笑みをこぼし、唇を塞《ふさ》いできた。

すんなりと唇を開き、差し入れられた舌に、おずおずと自らの舌を絡めていく。唾液がまじりあうようなキスに、冷めかけていた熱がまた戻ってくるのがわかった。

ひとしきり貪りあった後、少しだけ離れた唇が動いた。

「そういえば、まだ『好き』って言ってもらってなかったな」

浩二郎がいつもの調子に戻ったことで、拓未もまたいつものようにぷいっと横を向いた。

「言わねーもん」

だが、好きだということは否定しないでおいた。そのことに気づいて、浩二郎はひどく満足そうな顔をした。

「言わせるさ」

身体を撫でていた手が、するりと尻《しり》まで下りていく。そうしてその狭間《はざま》の、さっきまで浩二郎を受け入れていた場所に、指先が難なく入りこんだ。

「やっ……何す……」

「何って、一回で終わるはずないだろう。ようやく手に入れたんだからな」

笑みを浮かべながら、浩二郎は指先で拓未を陥落させようとしていた。もがいても、もう一方の腕でしっかりと抱きしめられていて、思うようにならない。

耳元に唇を寄せられて、耳朶を噛まれた。

「余裕ができたから、今度はじっくり泣かせてやろうかな。ちゃんと言えたら、許してやってもいいぞ？」

甘いんだか怖いんだか、本気なんだか脅しなんだかよくわからない囁きに、拓未は思わずかぶりを振った。

反論しようとしたのに、声は言葉にならず、意味を成さない喘ぎになってしまう。

どんなに泣かされたって、好きだなんて言ってやるものか。

拓未はまた変なふうに意固地になって、快楽に潤《うる》んだ目で、キッと浩二郎を睨みつけた。

素直のきれはし

「どうしよう……」

拓未《たくみ》は少し前から、頭の中でずっと同じ言葉を繰り返していた。

初めて寝た他人のベッドで、頭から肌触りのいいシルクケットを被ったまま、ときどき今のように口にも出して呟《つぶや》く。

だが、いつまで経《た》っても答えは出なかった。

一夜明け、拓未が目を覚ましたとき、寝室に浩二郎《こうじろう》の姿はなかった。だから最初は状況がつかめず、見慣れない天井をぼんやりと眺めながら、どうしてこんなに身体が重いのだろうか、もしかして風邪だろうかと、見当違いのことを考えた。

違うと気づくのに、そう時間はかからなかった。

自分が寝ている場所が、浩二郎の寝室なのだとわかったとき、拓未はカッと顔に朱を走らせ、シルクケットを被ったのだった。

それから拓未は、自分が他人のパジャマ――それも上だけを着ていることを知った。自ら着た覚えはなく、浩二郎が着せたのだと思ったら、余計に恥ずかしく、いたたまれない気分になった。

（しちゃったんだよな……）

何度考えても、間違いないことだ。拓未は昨晩、ずっと好きだった男に好きだと言われ、セックスした。

まさに急転直下だった。浩二郎にとってはどうだか知らないが、拓未にとってはそうとしか言いようがない。浩二郎が自分のことを好きだなんてありえないと思っていたし、告白と同時に抱かれるはめになるなんて、想像もしていなかった。

他人と身体を交えることが、あんなに熱いなんて。

昨晩の記憶は何もかもがいちいち鮮明だ。感触や感覚までもが生々しいほどはっきりとこの身に残っている。

甘く囁《ささや》いた声も、蕩《とろ》けるようなキスも、優しく拓未の髪を梳《す》いた指先も、リアルに思い出せる。肌を滑る舌や、中で蠢《うごめ》いた指や、繋《つな》いだときの――。

「うわあぁ……」

拓未はぎゅっと目をつぶった。とてもじゃないが、じっとなんかしていられない。心臓がばくばくと暴れて、本当にもうどうしていいのかわからなかった。

あんな浩二郎は知らない。拓未が知っている浩二郎じゃない。

そして抱かれて喜んで喘《あえ》いでいた自分もだ。

自分たちは変わってしまうんだろうか。昨夜のことで、今までの関係が崩れてしまうんじゃないだろうか。

好きだと言ってくれたことは嬉《うれ》しいが、急に変わってしまうのは怖い。憎たらしい従兄弟《いとこ》がいなくなってしまうのは、ひどく寂しい気がする。

浩二郎が他愛《たあい》もない軽口を叩《たた》き、それに拓未が反発する。自分たちは長い間、そうやって関わりあってきたのだから。

まったくもって勢いとは恐ろしい。心がまえがあったならば、と思う一方で、そんな時間があったら、なかなか身体の関係にまで至れなかっただろうとも思う。

(志束はどうだったんだろ……)

この手のことに関して、絶対に自分よりも後れていると信じていた志束が、すでに経験しているのだ。早い遅いにこだわりはないし、そもそも「した」のではなく「された」のだから、自慢できることでもないが、どんな心持ちだったのかは気になる。

あるいは、昔からの知りあいでない分、余計なことを考えなくてもすんだのだろうか。

(今度、聞いて……いや、でもコトがコトだし……)

ぶつぶつと口の中で呟いているうちに、静かにドアが開く気配がした。考えごとに気をとられていて、足音やドアレバーが動く音には気がつかなかった。

拓未はケット越しにもわかるほど、大きく反応してしまった。

「なんだ、起きてたのか」

くすりと笑いながら浩二郎が近づいてきて、拓未はますます身を固くした。どう振る舞ったらいいのか、わからなかった。

浩二郎がベッドに腰かけるのを感じ、彼がどう出てくるかと息を呑《の》んで待つ。

だがいつまで経っても、変化はなかった。何を言うでもなく、何をするでもない。浩二郎はそのまま、ただ座っていた。

どのくらいの時間がすぎたものか、耐えられなくなったのは拓未のほうだった。

がばっとシルクケットを跳《は》ね上げ、上半身を起こす。睨《にら》みすえた先には、腹が立つくらいに悠然とかまえた浩二郎の姿があった。

「なんだよ……！」

「何が？」

「用があるなら、さっと言えばいいだろ！　なんで黙ってんだよ」

「なんでって、恥じらってる拓未が可愛《かわい》いから、しばらく観察してようかな……と」

「恥じらってなんかねーよ！」

「いや、顔赤いし」

にやにやと笑う顔を殴ってやりたい衝動に駆られたが、拓未はぐっと堪《こら》えた。シーツについた両手は、きつく握りしめられている。

その手に浩二郎が手を重ねてきたので、とっさに拓未は手を引っこめようとしたが、それ以上の素早さで捕まってしまう。

「な、なんだよ……っ」

「恋人同士の朝なんだぞ、手くらい握らせろ。可愛いもんだろう。それともあれか、濃厚なキスのほうが好みか？」

「ばっ……」

ただでさえ赤かった顔をますます赤くしていると、浩二郎は拓未をベッドに押し倒してきた。両手を広げる形で押さえつけられて、何をしても腕は上がらなかった。こんなに力が違うのかと、愕然《がくぜん》とした。

なのに見下ろしてくる浩二郎の表情には、余裕さえ浮かんでいる。

息がかかるほど顔が近づいて、拓未は思わず目を閉じた。

すると、途端にのしかかってきていた力がなくなった。唇が触れる代わりに、ふっと笑う気配を感じる。

「期待されると、裏切りたくなるじゃないか」

「だ、誰が期待なんかっ……」

完全に遊ばれているのだと悟り、拓未は跳ねあがって、ベッドの端まで退いた。

大きいとはいっても、たかがベッドの上だ。そう距離を置けるものでもなかったが、手を伸ばされても逃げられる程度には離れている。

「それが初めての朝にとる態度か？」

「あんたのせいだろ！」

声が大きくなってしまった理由は、半分が憤《いきどお》りで、残りの半分は照れ隠しだ。揶揄《やゆ》されたことは悔しいし、まんまと引っかかってその気になったことは、たまらなく恥ずかしかった。

こんな男だということは、わかっていたはずなのに。子供のころから、もう数えきれないほどに、からかわれたり騙《だま》されたりしてきたのに。

確かに浩二郎が言うように、初めて肌をあわせた翌朝にふさわしいやりとりではないだろう。拓未も同意見だ。

「俺だけのせいか？　おまえだって……そうだ、結局好きだって言わなかったよな。俺が愛の告白をしてやったのに」

「……だから、言わねーって言っただろ。それに、してやったってなんだよ。別にしてくれって頼んでねーし」

ぷいと横を向いて返しても、浩二郎が気分を害した様子はなかった。むしろ面白がっているような気配を感じた。

結局のところ、彼は拓未が告白をしようがしまいが、どうでもいいのではないだろうか。ただ拓未の反発を楽しみたいだけなんじゃないだろうか。

そんな気になってきた。それならそれで、一向にかまわないのだけれども。

「あんなに気持ちよくしてやったのに」

「き……気持ちいいとか言うな！」

「よかったろ？　よくないはずがないよな？　可愛くアンアン言ってたし、何回もいってたし。気持ちいいって、言葉でもはっきり」

「言うなってば！」

顔から火を噴《ふ》きそうだった。浩二郎に言われたことが――昨晩の記憶が、生々しく頭の中で再現されて、そのときの感覚までもが蘇《よみがえ》ってきそうだった。

耳を塞《ふさ》ぎたかったけれども、そんな行動をとったら、ますます浩二郎にからかわれるだけだ。経験上、拓未はいやというほどそれを知っていた。

ふいに浩二郎の目が、拓未の顔のあたりから下へと移っていく。

「大サービスだな、拓未」

「……っ」

つられて視線を落とした拓未は、腿《もも》まで剥《む》きだしになっていたことを知って、慌ててシルクケットを引き寄せた。

別にどうってことないはずだった。男が脚《あし》を見られたくらいで、こんな反応を示したこと自体が変だとも思う。だが昨晩のことがあったせいなのか、気恥ずかしくてたまらなかった。

「その反応いいよ。新鮮だ」

「う……うるさいっ」

「さっきから口と態度が一致してないの、自覚してるか？」

「いいんだよ……！」

何が「いい」のか自分で言っていてよくわからない。もう支離《しり》滅裂《めつれつ》で、涙目にもなってしまっていて、少し前まで悩んでいたことも吹き飛んでしまった。

まったくいつもと変わらない浩二郎の態度に、拓未の反応。

身がまえていたのが、ばかばかしくなった。あんなにぐるぐると同じことを考えていたのは無駄でしかなくて、そのことがとても悔しく、同時にとても嬉しい。

思っていたより自分たちの関係は変わらないのだ。

赤くなった顔をなんとか落ち着かせようと躍起《やっき》になりながらも、拓未は心の中でひそかに安堵《あんど》し、肩から力を抜いた。

「で、本当にただの友達なんだな?」

「……は?」

一瞬、理解が追い着かなかった。なんのことかと眉《まゆ》をひそめかけ、風見《かざみ》のことを言っているのだと思い至った。

我知らず溜《た》め息《いき》が出た。

「だから何回もそうだって言ったじゃん。信用してねーのかよ」

「何泊もしたのは確かなんだろう?」

「してねーって。するのは志束《しづか》」

「志束?」

今度は浩二郎が怪訝《けげん》そうな顔をする番だった。

「あいつは志束の友達なの。一人にしとくと心配だから、志束を預かってもらうことになって、荷物とりに来たんだよ」

「どうして志束が自分でとりに来ないんだ？」

「え……」

「いくら友達でも、サービスがよすぎないか？」

じっと見つめてくる浩二郎の目は探るようなそれだった。拓未の言葉に嘘《うそ》がないか見抜こうとしていた。

隠しごとは、けっして下手ではないと自負している。だがさっきの一瞬の間は、看破されるに十分な材料だ。

しらを切り通すか、正直に言うか。風見が並外れて親切で世話焼きだと言いきってしまえば、不可能ではないかもしれない。実際、近いものはあるのだし。

迷っていると、浩二郎は身を乗りだすようにして言った。

「ただの友達じゃないんだろう？」

強い口調には、確信がこめられている。質問ではなく、確認のようだった。

言ってしまおうか……？　バラしたところで支障はないはずだ。浩二郎に同性がどうのと言う権利はないのだし、大学生にもなって外泊がどうのと言うこともないだろう。

ふっと息をついて、拓未は口を開いた。

「その……友達から、ステップアップ……みたいな」

「つまり、俺たちと同じ関係なんだな？」

「いや、同じじゃないと思うけど。あっちは、ちゃんとデキあがってる感じだし」

何げなくさらりと口にしたことは、拓未の本心だった。志束と風見は、人前でベタベタすることはないものの、互いに好きあっているのがはっきりとわかるし、恋人同士としてもしっくりと収まっている。

言葉こそ乱暴だが、風見はとても優しく、志束のことをとても大事にしてくれる。志束もまた、風見のことを心から信頼し、態度ではわかりにくいがかなり甘えているのだ。ほかの誰《だれ》にわからなくても、拓未にはよくわかった。

まして志束は、自らの特殊性を風見に打ち明けた。

拓未以外は亡くなった両親しか知らなかったことを、出会って間もない人間に話したと知ったときは、少なからず驚いた。そして寂しいと思ってしまった。だが風見を見ていたら、自然に納得できたのだ。

「志束ってさ、風見の前だと安心しきってる感じなんだよ。俺といるときだって、あんなに無防備じゃねーもん」

最初はそれを寂しいと感じたが、もう慣れてしまった。あるいは拓未が弟離れできた、ということなのかもしれない。

拓未が一人しみじみしていると、浩二郎は不満そうに鼻を鳴らした。

「ちゃんと……ねぇ。ふーん……」

「なんだよ。まさか志束たちに難癖《なんくせ》つけようってんじゃないだろうな」

「難癖は人聞きが悪いな。俺はただ、可愛い志束の相手ってのを、見極めてやろうかと思っただけだよ」

拓未は大きく目を瞠《みは》り、浩二郎の顔を凝視した。「可愛い」も多少は引っかかったが、やはりそれよりも、最後の言葉が問題に思えた。

「ちょ……それって、風見に会うってことか？」

「不都合か？　何か、その男に問題でも？」

「ねーよ。あんたと違って風見に問題なんかあるもんか」

風見よりも、目の前にいるこの男のほうが、よほど問題がある。惚《ほ》れた欲目なんてものは拓未にはないが、身内の贔屓目《ひいきめ》をもってしても、冷静に考えて浩二郎より風見のほうが人として上のような気がする。

「じゃ、決まりだな。志束に電話しとくか」

「俺がする」

立ちあがる浩二郎を制止しようと手を伸ばすが、それは虚《むな》しく空を切った。バランスを崩してよろけた拓未を振り返ることもしない男に腹が立ち、ベッドを下りて追いかけようとした。

だが嘘みたいに脚に力が入らない。それでも浩二郎がドアレバーをつかんだときに、背中にとりすがることができた。

「待てって」

「なんだ、ふらふらだな」

身体《からだ》ごと浩二郎が振り返ると同時に声が降ってきて、腰をしっかりと抱かれた。支えられたというよりは、やはり抱かれている感じだった。

密着する身体に、脈が速まる。視線をあわせていられなくなって、拓未はほんの少しだけ目を逸らした。

「志束も、こんな状態なのかもな」

「え？」

「あいつは、おまえより体力がないだろう。だから彼氏が荷物をとりに来たんじゃないのか？」

なんとも返事のしようがなかったが、言われてみればその通りかもしれない。風見に限って無茶はしないだろうが、彼は極めて健康な肉体の持ち主だし、一方の志束は人並み外れて細く頼りない身体をしているのだ。

「……風見は、あんたみたいなことはしないよ、きっと。ちゃんと相手の……志束の体力とかそういうの、考える」

「あんなに喜んでたのに、今日になったらダメ出しか？　もっと、って言ってしがみついてきたのは誰だっけ？」

「う……うるさいな！　昨日のことはもう言うな！」

「なかったことにはさせないからな」

ふいに声の調子が真剣味を帯びた気がして、拓未は浩二郎と視線をあわせかけた。だがそれよりも早く、顎《あご》をとられて唇を重ねられた。

「んん……っ」

いきなりのことに驚いているうちに、舌がするりと入りこんでくる。とっさに逃げた拓未を追いかけるように、浩二郎は深くくちづけてきた。

自分で立っていなくてもいいくらい、腰を抱く腕がきつくなる。絡《から》みつく舌に思考する力を持っていかれそうになる。

奥底に眠る官能が、刺激されてしまう。

「ふ……ぁ……」

意識しないところで、拓未は浩二郎にしがみついていた。キスが気持ちよくて、拙《つたな》いながらも自然に応じていて、唾液《だえき》がまじりあうのさえ気にならない。

舌先を吸われて、じわんと快感が走り抜けた。まるで何かで肌の表面を撫《な》でられたみたいに、ざわざわと身体が震える。

キスをしたままで、身体が急にふわりと浮きあがった。

（な、に……？）

ぼんやりとした頭で状況を考えようとした矢先に、ベッドに戻された。開かされた脚の間には浩二郎がいる。

膝《ひざ》のあたりから、手がゆっくりと這《は》いのぼってくるのを感じた。ようやく離れていった唇が、滑るようにして顎から首、肩へと移っていくのは同時だった。

パジャマの裾《すそ》から入りこんだ手が、奥まったところに触れた。

「あっ……」

拓未は脚を閉じようとしたが、浩二郎の身体がそれを許さず、腰を捩《よじ》ろうとしても力で押さえられてしまう。

乾いた指で何度も最奥を撫でられ、びくびくと身体が震えた。

「ちょっと熱持ってるな。傷はつけないようにしたんだが……」

「や……触……」

いやいやをするように首を横に振っても、浩二郎はまるで見えないかのように振る舞った。かまうことなく襟《えり》から覗《のぞ》く肌にキスをして、痕《あと》を残していった。

シャツ越しにもあちこち口で愛撫《あいぶ》され、それが少しずつ下りていくのを感じた。

抵抗しようという気持ちは、すでになくなっていた。朝っぱらからなんてことをしているんだろうと思いながらも、それ以上に、このまま浩二郎を感じたいと願ってしまう。

そういえば、今日は日曜日だ。休みの日なんだから、いつ何をしようとかまわないような気さえしてくる。

促されるまま、拓未はさらに脚を大きく開いた。

シーツから浮かされた腰の下にクッションを押しこまれ、何をと思う間もなく、ぬめった温かいものを押し当てられた。

「ぁっ……ん」

未知の感触に、思わず声が出た。

すべてをさらすこの恥ずかしい格好も、優しく触れられることの快感の前では大きな意味を持てなくなる。

溶けそうなほど気持ちよかった。

ぼんやりと目を開けても、潤《うる》んでしまってよく見えない。わかるのはシルエットだけで、表情なんて判別できるはずもなかった。

そこにいる浩二郎が、どんな顔をしているかなんて——。

「え……」

ぴちゃり、と濡《ぬ》れた音が聞こえた。やわやわと最奥を撫でてくるそれが浩二郎の舌だということを、拓未はその瞬間に理解した。

息を呑《の》み、慌てて逃げようとしたが、許してもらえるはずもなかった。

「やっ、やだ……ぁ……」

両の腕で腰を抱きこまれてしまい、脚をばたばたさせてもどうにもならない。恥ずかしいを通り越して、拓未は死にそうな気分になってしまう。

本気で泣きかけていても、浩二郎は力を緩めなかった。

「こら、じっとしてろ」

「だ……って……そんなとこ……」

震える声で返すと、浩二郎はいかにも不本意だといわんばかりの態度で顔を上げ、場にそぐわないほど冷静な調子で尋ねてきた。

「いやか？」

「い、や……っていうか……」

拓未は浩二郎を直視できないまま、けれども目を閉じることもできずに、ただ口ごもった。はっきり答えられないのは、けっしていやではないからだ。恥ずかしくて死にそうだし、そんなところに口をつけることへの抵抗は激しく強いから、すぐにでも逃げだしてしまいたいのだが、いやかと質問されたら、そうではなかった。

曖昧《あいまい》で複雑な自分の気持ちに、誰よりも拓未自身が戸惑っていた。

「いやじゃないなら、続けるぞ」

「待……あ、ん……ひ、ぁ……っ」

湿ったいやらしい音が耳を打つ。別の生きものみたいに動きまわる舌先は、泣き声まじりの制止と喘ぎを無視して、やがて身体の中にまで入りこんできた。

指の先まで、ぞくぞくとした甘い痺《しび》れが駆け抜ける。

押さえつけられていなくても、拓未にはもう抵抗する力は出せなかった。甘ったるい快感に、すべて奪われてしまっていた。

目を閉じると、すうっと涙がこめかみを伝い落ちていく。

感情が流させているのではなかった。羞恥心《しゅうちしん》は強いが、それとは違った。身体が勝手に、気持ちよがって泣いているのだ。

弾力のある舌先が、何度も飽くことなく出し入れされる。舐《な》められているところから、身体がとろとろに溶けてしまいそうだった。

「も、いい……っ、から……」

半泣きで訴えても、浩二郎はやめようとしない。まるで拓未が泣くのを楽しんでいるみたいだった。

いや、おそらくその通りだ。昨晩、この男は拓未を泣かせたい、というようなことを言っていたではないか。

濡らされた指がゆっくりと入りこんできても、舐める動きは止まらなかった。

指で内側を撫でられ、擦《こす》られて、だんだんとその感覚が覚えのあるものに変わっていく。昨晩知ったばかりの、熱い快楽だ。

「ぁんっ、あん」

増やされた指にかきまわされ、身体は中から崩れかけていた。

吐きだす息に甘さがまじる。何度も指でそこを突かれて声を上げながらも、拓未は次第に物足りなさを感じ始めた。

これはこれで気持ちがいい。だが本当にほしいのは、もっと別のものだ。

昨晩みたいに、浩二郎のもので自分の中をいっぱいにしてほしい。身体を繋いだという実感を、与えてほしい。

「や……だ……」

「何が」

泣き声まじりの掠《かす》れた言葉を拾いながらも、浩二郎は二本の指の間から舌を差し入れ、くすぐるようにして動かしてきた。

「ひぁっ……ん、あ……ぁん……ゆ、び……じゃ、やだ……ぁ」

大きく開かされた腿の内側が、びくびくと震える。

潤みきった目で見つめても、浩二郎の顔はよく見えない。だが彼がふっと笑ったのは、はっきりとわかった。

からかいを含んだものでもなく、皮肉なものでもなく、本当に思わず漏《も》れたというような、柔らかな笑みだった。

「素直でよろしい」

ちゅっと腿のつけ根にキスされたのは、ご褒美だろうか。

それからすぐに指は引き抜かれたが、体勢はそのままだった。膝の裏側を押さえられ、後ろに熱くて硬いものを感じる。

「あっ……あ、ぁ……！」

じりじりと浩二郎が入りこんでくる。開かされることの痛みはさほどなかったが、強烈な異物感に眉根が寄る。

それでも、少しもいやだとは思わなかった。

気持ちがいいとも思えないが、好きな相手と繋がっているという充足感は、拓未をひどく甘い気分にさせてくれる。

腰の下からクッションが取り除かれ、拓未の身体の両脇《りょうわき》に手をついた浩二郎が顔を覗きこんできた。

「好き、って言うまで、いかせてやるのやめようかな」

「ばっ……」

こんなときに、この男は何を言いだすのだろうか。

拓未は我に返って、浩二郎の両肩を手で押し返そうとしたが、繋がった状態で覆い被さってきているのだから、どうしようもなかった。

「悪あがきするなよ」

「うる……せーよっ……」

「可愛いんだか可愛くないんだか……。ま、いいや。クソ生意気なのをねじ伏せるのも楽しいしな」

「趣味、悪っ」

「なんとでも」

浩二郎は手を伸ばしてパジャマのボタンを外し始める。前がはだけて胸や腹が露《あらわ》になると、満足げに拓未の身体を眺めまわした。

「……なんだよ…」

「いや、ようやくここまで育ったなと思ってな」

「は……？」

感慨深げに呟いて、浩二郎は指先で胸の粒に触れてきた。触られてもいないうちから硬く痼《しこ》っていたそこは、やわやわと揉《も》まれると、たちまち甘ったるい痺れを感じるようになった。

昨晩もこうしてさんざん弄《いじ》られて、拓未は何度もよがり声を上げたのだ。

「んっ、ぁん」

「思ったより色っぽいしな」

「は……っ、ぁあ……」

ゆっくりと穿《うが》たれて、拓未はシーツに爪《つめ》を立てた。

引き抜かれる感触と、突き上げられる感触。胸を弄られながら交互に繰り返されていくうち、ただの熱さは快感にすり替わっていく。昨晩、何度も教えこまれた快楽の追い方を、身体はちゃんと覚えていた。

「ん……」

揺さぶられながら唇を塞がれ、声が呑みこまれる。

これでは仮に拓未が好きだと言おうとしたところで、言えないではないか。もちろん、言ってやるつもりはなかったけれども。

言葉の代わりに、両の腕で浩二郎の背中にしがみついた。

朝っぱらだとか、部屋が明るいだとか、そんなことはもうどうでもいいことだった。

緩やかに追いつめられ、快楽という熱はどんどん高まっていく。出口を求めて、拓未の中で荒れ狂っている。

無意識に浩二郎の背中に爪を立て、ようやく彼が服装をほとんど乱していないことに気がついたが、それすらも今の拓未には些細《ささい》なことだった。

だるくて仕方ない身体をナビシートに預け、拓未は流れる景色をぼんやりと見つめていた。

ぼーっとするのは志束の専売特許だと思っていたのに、昨日から拓未はこんな調子だ。身体のだるさが頭にまで移ってしまったように、気を抜くと何も考えていない状態になってしまう。

(志束よりひどいのかも)

おそらく志束の場合、実は考えごとをしているケースも多いはずだが、今の拓未は正真正銘ぼんやりしているのだ。

「拓未。もう着くぞ」

「あれ……？　もう？」

浩二郎の声に我に返り、拓未は慌てて周囲を見まわした。確かに見慣れた風景になっていた。いつも駅から歩いている道だった。

「志束みたいになってるぞ。大丈夫か？」

「心配するくらいなら、いい年してがっつくなよな」

「ようやく手に入れた恋人相手にがっついて何が悪い」

開き直った大人には太刀打ちできない。拓未は呆《あき》れ返りながら視線を浩二郎から外に戻し、おやと眉をあげた。

「そこ、壊しちゃったんだ……」

マンションの斜め前は一軒家だったのだが、住んでいる人間はいなかった。いつから空き家だったのかは知らないが、先週末にはあった家はすでに壊され、更地になっていた。

「俺としては、パーキングになってくれるとありがたいね」

「あっちだってたいした距離じゃないじゃん」

マンションを通りすぎて百メートルほどの場所にコインパーキングがあり、浩二郎はその一角に車を止めた。

のろのろと車を降りて振り返ると、拓未たちの部屋の明かりが見えた。

すでに志束たちは部屋にいるようだった。

「来てるらしいな」

「うん」

浩二郎が志束に電話をし、風見ともども呼び出しをかけたのは、日曜日の昼すぎのことだった。さすがにその日のうちということにはならず、週半ばの今日になったのだが、どうやらそれは浩二郎の希望だったらしい。曰《いわ》く、週末の貴重な時間は使いたくない……そうだ。

呆れてものも言えなかった。

短い距離だが、いつもより歩くのに時間がいった。理由がわかっている浩二郎はさすがに何も言わず、隣を歩いていた。

「……すっげー、だるいんだからな」

「ああ」

「腰とか痛いし、力も入んないし！」

「意外にヤワなんだな。ま、そのうち慣れるだろ」

「なんで俺のせいなんだよっ」

拓未は目をつりあげながらも、話題が話題だけに小声で怒鳴った。隣を歩く男は涼しい顔で、相変わらず腹が立つことこの上ない。

本当にこれが自分の恋人なんだろうか。

恋愛関係というのは、もっと甘いものではないのだろうか。

（志束たちも、そんな甘い感じはしないけど、でも……）

それでも自分たちよりはずっと恋人らしい恋人同士だと思う。それともまだ日が浅いから、自分たちは恋人らしくないのだろうか。

「どうした？」

「……なんでもねーよ」

浩二郎の顔も見ないで返し、拓未はエントランスロビーに入った。部屋に着くまで、これといった会話もなかった。

そろりと玄関ドアを開け、拓未は少しだけ緊張して「ただいま」と言った。

果たして志束は、拓未と浩二郎の関係の変化に気づくだろうか。

志束が風見とキスをしたとき、そして初めて抱かれたとき、拓未はどちらもすぐに察した。拓未は志束のそういった変化をキャッチしやすいからだろうが、逆はどうなのだろう。今までのパターンだと気づくまいと思うのだが、ときどき志束は理解不能の鋭さを発揮することもあるので侮れない。

浩二郎と一緒にリビングに顔を出すと、志束と風見はキッチンに立っていた。どうやらコーヒーの用意をしているらしい。

「おかえり。浩二郎さん、こんばんは」

「ああ、元気か？」

「はい」

大きく頷《うなず》く志束だが、特に笑顔を浮かべるでもなく、いつものぼんやりとした表情だった。彼は浩二郎に対して、いつもこんな感じなのだ。

待っていても志束が紹介することはないと踏んだのか、風見は軽く頭を下げ、自ら口を開いた。

「はじめまして。風見といいます」

「佐原《さはら》浩二郎です。聞いてると思うけど、この子たちの従兄弟。で、保護者代理だ」

浩二郎は十分に意味を含ませて自己紹介した。ようするに、保護者として志束の「相手」を見てやるのだと宣言したわけだ。その態度は、どう見ても友好的とは言いがたかった。

だがそのあたりも含めて十分に理解しているのか、風見は平然としている。もともと堂々とした男だが、今も臆することなく手を動かしていた。だからといって態度が大きいというわけでもない。

そんな彼と、手伝っているのか見ているのかよくわからない志束を、浩二郎は観察するようにじっと見ていた。

「座れば」

拓未は浩二郎の服を引っぱり、ソファに促した。あまりにもじろじろと見ているのは、いくらなんでも感じが悪い。

浩二郎をソファに置いて、拓未はキッチンに近づいていった。風見は客なので、自分が代わろうと思ったのだ。

だが風見の横をすり抜けようとしたとき、急にかくんと膝から力が抜けた。

「うわ……っ」

転ぶ——というよりも、その場に崩れ落ちそうになった身体を、とっさに風見が手を伸ばして支えてくれた。

今まで大丈夫だったのに、油断してしまったのだろうか。

「大丈夫か?」

「うん、ごめん。サンキュ」

足下に意識を向けてさえいれば問題はない。拓未は頷きながら、しっかりと立ちあがり、コーヒーカップをトレイに載せた。

「……なるほど」

「え?」

風見の呟きに、思わず顔を上げる。だが手は止めなかった。

「いや、だいたい事情が呑めた」

風見はそう言って、ちらりと志束と視線をあわせた。すると志束は神妙な顔つきで、小さく顎の先を縦に動かした。

「えーと、事情っていうのは……」

「佐……志束の言ってた通りだった。大変そうだな」

まだ慣れない呼び方に言い直す風見を微笑《ほほえ》ましく思いながら、拓未はストレートに問い返した。

「志束がなんて？」

言いながら、当の本人の顔を見つめる。普段とまったく変わらない態度の志束は、少し首を傾《かし》げるようにして、ぼそりと言った。

「拓未は浩二郎さんのことが好きだし、浩二郎さんも拓未のこと好きだから、きっと上手くいったんじゃないかな……って」

「そ……そんなこと言ってたのかよ……」

自分のいないところで、そんな話をされていたとは思わなかった。

「今のは不可抗力だって言っといてくれ。さっきから睨まれてるんだ」

「マジ……？」

拓未が肩越しに振り返ると、苦虫を嚙《か》みつぶしたような顔をした浩二郎と目があった。確かに普段よりも目つきが悪い。

「……ヤキモチ……?」

ぼそりと志束が呟き、風見が頷く。

「だろうな。かなり執着心が強いんだろうし」

(え……)

そこでようやく拓未は、嫉妬《しっと》という言葉を頭に思い浮かべた。

嬉しい。だが同時に呆れてしまう。風見が志束の恋人だということくらい、浩二郎は知っているというのに。

あの男はそんなタチだっただろうか。考えてもよくわからない。いや、拓未は従兄弟としての浩二郎しか知らなかったのだから、わからないのは当然だった。

そもそもこの部屋に入ってきたときから、浩二郎は微妙に機嫌が悪かった気がする。いや、正しくは風見の顔を見てからだ。

拓未が眉間《みけん》に皺《しわ》を寄せていると、心配そうに志束が顔を覗きこんできた。

「大丈夫か?」

「ああ……なんでもない。できたか?」

「あ、うん」

「じゃ、後は俺がやるからいいよ」

「心配だから、いいよ。風見と戻ってて」

志束にそう言われるのは、軽くショックだった。心配することはあってもされることはないのだと、拓未は当たり前のように思っていたのだ。

「いや、別に心配されるほどのことじゃ……」

「その……わかるから、いいよ」

うつむく志束の顔が少し赤いのは気のせいじゃない。

言葉は少ないが、志束の言いたいことがわかってしまって、拓未は落ち着かない気分になる。自分まで顔が赤くなりそうだった。つまり、今の状態——身体のつらさは、志束も経験したことだから、いたわられているのだった。

(兄弟して男に抱かれてるって、どうなんだよ)

それに浩二郎との関係を見抜かれてしまって、非常にいたたまれない気分だった。

拓未は、はぁっと大きな溜め息をついた。

結局、コーヒーは志束が注ぎ、運ぶのは風見の役目となった。曰く、志束は普通にしていても危なっかしい、とのことだ。

浩二郎はじろじろと、不躾《ぶしつけ》なほどの視線を風見に送っている。思わず拓未は肘《ひじ》で浩二郎を突《つつ》いてやった。

「やめろよな。身内の俺たちが恥ずかしいだろ」

「品定めをするってことは、志束に予告しておいたぞ」

「……そうなのか？」

「うん」

いつもと変わらない態度で志束は頷き、クッションの上に座る。風見が当然のようにその隣に座ったので、仕方なく拓未は浩二郎の横に収まった。

恋人が身内にチェックされているというのに、志束には少しも緊張した様子が見られない。らしいといえばらしいし、それだけ自分の恋人を信頼し、どこへ出しても恥ずかしくないと思っているからかもしれない。

「だいたいのことは拓未から聞いてるよ。しっかりした男らしいな、風見くん」

「普通ですよ」

「拓未がやたらと君を褒めるんだよ」

「きっと志束が大げさに言ってるのを、真に受けたんでしょう」

さらりと流していく風見は、やはり堂々としている。気負ったところなど微塵《みじん》も感じられず、かといって失礼にはならない態度をとっていた。

浩二郎のほうも品定めをすると言いながら、さほど突っこんだ話は振らなかった。いわゆる世間話の範囲だった。

コーヒーを飲みながらの雑談は、拓未が覚悟していたよりも和やかな雰囲気だ。浩二郎の態度も、最初に比べると柔らかい気がした。

拓未はひそかにほっと息を漏らした。

話はいつの間にか、司法試験のことになっていた。風見は法学部で検察官を志望しているのだ。こうなるともう、拓未はとても話に入っていけない。ただでさえ相づちくらいしか打たない志束はなおさらだった。

志束はときどき風見の顔を見ながら話に耳を傾けている。その視線には、思いがけないほどの強い感情がこめられていて、見ている拓未のほうが恥ずかしくなってしまう。

恋愛感情だけでなく、尊敬や信頼まで感じさせる目だ。

あんな目で、いつも風見を見ていたのか。今さらのようにそれに気づいたのは、拓未の状況が数日前とは変わっているからなんだろうか。

志束と風見を眺めていたら、唐突に思ってしまった。

自分と浩二郎がしたことを、この二人もしているのだ。自分と同じ顔をした志束が、風見に組み敷かれて、愛撫されて、身体の中に……。

（うわっ、わ……）

カァッと頬が熱くなり、拓未は慌てて下を向いた。

弟とはいえ、人のセクシャルな部分を想像した自分が信じられなかった。まして勝手に想像してうろたえているなんて、情けないにもほどがある。

落ち着くためにコーヒーをすすり、小さく息を吐きだした。

話に加わっていない志束が、不思議そうな顔をして拓未を見ていることなど、とても気づける状態ではなかった。


何ごともなくてほっとした、というのが、帰りの車中での拓未の感想だった。

あの部屋にいたのは一時間ほどで、ほとんど浩二郎と風見が二人で話していたのだが、妙に疲れてしまった。

疲れたのは気を遣ったからではなく、自分たちの関係を見抜かれてしまったり、志束たちの関係を想像してうろたえていたからなのだが。

「で、どうなわけ？」

車内が暗いのを幸いに、拓未は浩二郎の横顔に視線を当てた。

「うん？」

「風見と話してみた、あんたの感想」

「ああ……。そうだな、とりあえず文句のつけようはない……かな」

「へぇ、高評価じゃん」

意外だった。重箱の隅を突くようにして文句を言うかと思っていたのだが、認めるときはちゃんと認めるものらしい。あるいは、たんに言葉通り文句のつけようがないのだろうか。

「気に食わないけどな」
「なんで？」
「当然だろ。可愛い弟を犯してる男だぞ」
「犯すとか言うな！」

拓未にとっては生々しい表現だった。

浩二郎のことを品がいい人間だなんて思ってはいない。だが下品だとも、露骨《ろこつ》なことを口にするタイプだとも思っていなかったのだ。

それに、浩二郎には風見のことをとやかく言える資格などないはずだ。

「自分だって俺と………じゃん」
「俺はいいんだ」
「何それ」

自分勝手にもほどがある。というよりも、すでに言っていることがおかしい。なんのしがらみもない同じ年ごろの友人が手を出すのと、七つも上の兄代わりが手を出すのとでは、明らかに後者のほうが問題だと思うのだ。

おまけにどう贔屓目に見たって、浩二郎のほうがいろいろと大人げない。風見は多少当たりはきついところがあるものの、実によくできた人間だと思う。

拓未は大きな溜め息をついた。

「あんたがそんなだから、志束にも風見にも心配されちゃうんだよ」

「心配？　なんの？」

「……俺の、カラダの心配。あんたのせいで今日ふらふらだったし。風見はできたやつだから、あんたのそういうとこ信じられないいんじゃねーの」

抗議と、多少の当て擦りの意味もこめて言ってみる。

すると浩二郎は鼻を鳴らした。

「昨日今日、知りあったようなやつに何がわかる。俺が何年我慢したと思ってるんだ。高校を卒業するまで待ったんだぞ」

「偉そうに言うことかよ」

「十分に偉いと思うぞ。自覚してから三年、手を出さないでいてやったんだからな」

「いてやった、って……」

どうしてこの男は、こんなに恩着せがましい言い方をするのだろうか。まったく理解できなくて、拓未は眉間に皺を寄せる。

「我慢してくれって頼んだ覚えねーよ」

「なんだ、もっと早く手を出してほしかったのか？」

「ばっ……」

拓未は金魚か何かのようにぱくぱくと口を動かして、唖然《あぜん》としながら浩二郎を見つめた。

本気で言っているのなら正気を疑うが、拓未をからかうための冗談である可能性も高い。どちらにしても、七つも年上の「大人」がとる態度ではないだろう。

（でも……一応、理性的ではあったんだよな……）

拓未がアルバイトで泊まっている間、セクハラまがいなことをしつつも手を出そうとはしなかった。それは確かだ。あのとき浩二郎が風見の姿を見なければ、拓未はまだ彼の気持ちを知らなかっただろうし、抱かれることも知らなかったはずだ。

告白した後は、理性など見る影もないが。

拓未は何度目かの溜め息をつき、窓に頭を預けて目を閉じた。

「眠いのか？」

「疲れてんの」

あんたのせいで……とは心の中で続けた。口にしてしまえば、また何か揶揄するような言葉が飛んでくるとわかっている。

「眠っていいぞ。部屋まで運んでやるから」

「そんなことしなくても起きるって」

「別にいいんだぞ。志束みたいに、手がかかっても」

笑いながらの言葉に、拓未は思わず目を開けた。

「……あんた、風見ほどマメじゃねーから無理だよ」

一瞬の間はできてしまったし、意識して言ったから声が妙に低くなってしまったが、気づかれるほどの態度ではなかったと思う。

現に浩二郎は、ふんと鼻を鳴らすだけだ。

拓未はそれきり口をつぐんだ。眠ったと思ったのか、それとも会話する気がないのか、浩二郎も話しかけてこなかった。

(志束みたいに……か)

さっきの言葉が引っかかってしょうがない。すこぶる寝起きが悪いことを引きあいに出しただけとは思うのだが、一方では、それが浩二郎の本音じゃないかと疑う気持ちがあった。

拓未を好きだと言ってくれたのは嘘じゃないと思う。だが、本当は志束がよかったんじゃないかという考えを捨てられない。大事すぎて手を出せなかったから、あるいは志束の気持ちが浩二郎に向かっていないのを知っていたから、諦《あきら》めて拓未にしたんじゃないだろうか。

同じ顔をした拓未が、浩二郎のことを好きだと気づいていたから――。

(どうしよ、止まんね……)

卑屈で暗い考えが頭から離れていかない。考えまいと思っても、ありえないほど暴走してしまってどうにもならない。何げない一言にこんなにも揺れてしまう自分が信じられず、だからこそ人には言えなかった。まして、浩二郎には。

ここが車内で、そして暗くて、よかったと思う。

浩二郎のマンションに着くまでに感情を鎮《しず》めなくては。いつも通りに接することができるようにしておかなければ。

大丈夫だと、何度も自分に言い聞かせた。

浩二郎はちゃんと自分を好きでいてくれる。軽い気持ちや冗談で従兄弟に手を出すほど、軽率でも不誠実でもないはずだ。

（大人げないけど、大人なんだし）

そっと息を吐きだし、拓未は再び目を閉じた。

「東京《とうきょう》都、中央区《ちゅうおうく》……日本橋本町《にほんばしほんちょう》……」

拓未はパソコンに向かい、名刺を見ながら慎重にぱちぱちとキーボードを押していく。普段はパソコンに触れる機会もあまりないので手は遅いのだが、それでも最初のころに比べると速くなってきていた。

結局、データ化しろと言われていたものは、手をつけなくていいことになった。整理し、見出しをつけて棚に収めるだけでよくなったのだ。

だから言いつかっている作業はこれが最後だった。ファイルと本の整理はすでに終わっていた。

あれから浩二郎との間に、これといった変化はなかった。志束の話もたまには出るが、拓未の心を揺さぶるようなことはなく、あのときの気持ちは日常の中に埋没していった。

「あー……そろそろメシ作んねーと」

時計を見て、拓未は立ちあがった。まだ六時前だが、休日の夕食は比較的早いことになっているので、今から作るくらいでちょうどいい。

家事も仕事の一環だ。出かけてくれれば夕食の支度をしなくてすむのに、休日を家でのんびりしたがる男は、今日もまたリビングのソファで惰眠《だみん》を貪っている。

「ジジくさいっての。遊んでくれる友達とかいねーのかよ」

まだ二十代半ばなんだからもっと積極的に遊びに行け、と思うし、本人にも言ったことがあるのだが、面倒くさいの一言ですまされた。

パソコンを休止状態にし、書斎を出る。リビングへ行くと、予想に反して浩二郎は起きていて、外へ行くような格好をしていた。昼ごろに見たときはパジャマだったのに。

「どっか行くのか？」

「メシ食いにな。ほら、行くぞ」

「え、俺も？」

「当たり前だろ。ついでに買いものだ」

腕をつかまれてぐいぐいと引っぱられ、拓未はリビングからつれだされる。

「ちょっ……」

「携帯は持ってるんだろ？　だったらほかは必要ない」

上着が必要な季節でもないからと、浩二郎は強引に拓未をつれて外へ出た。そしてエントランスのすぐ前でタクシーを捕まえ、行き先を告げた。

「代官山《だいかんやま》」

「……なんで？」

行ったことのない場所だが、代官山が銀座《ぎんざ》と近くないことはわかっている。浩二郎は勤め先の近くのほうが詳《くわ》しいと言っていなかっただろうか。

「買いものがあるからな」

「ふーん……」

目当ての店でもあるのだろうと、拓未は納得した。行きたい場所があるわけでもないから、銀座だろうがどこだろうが、拓未にはどうでもいいことだった。

タクシーを降りると、浩二郎は迷うことなく歩き、とある店のドアに手をかけた。そう大きくはないビルの一階にある、どう見ても服を売っている店だ。

「あ、いらっしゃい」

にこやかに出迎えたのは、浩二郎よりも若いだろう青年だ。ひょろりと背が高く、いかにもこの手の店にふさわしい出で立ちをしている。

ディスプレイされているのは、主に服だ。半分以上はレディースだが、メンズもそれなりに揃《そろ》っていて、そのほかにバッグや靴やアクセサリーが並んでいた。いわゆるセレクトショップというやつだろうと思った。

「この子に、よさそうなのを」

「え?」

「約束したろ」

小声でぼそりと言う浩二郎は、ひどく楽しげに目を細めていた。

「あ……」

つまり先日破ったシャツを弁償しようというわけだ。てっきりその場限りの言葉だと思っていたし、今日の買いものだって浩二郎のものだと当然のように思っていたので、拓未は驚いて目を瞠った。

「どんな感じがいいのかな」

フレンドリーな店員に話しかけられて、拓未は戸惑う。

「トータルで選んでやって」

「任せてください。入ったばっかの、いいのあるんですよ。絶対、似あいますよ」

店員は綺麗《きれい》に畳まれているシャツをとりだして広げ、拓未の反応を見ながら説明を口にしていく。曰く、これは生地にもボタンにもカッティングにも凝っていて、着たときのラインがとてもすっきりしているらしい。

確かに肌触りはいいし、ボタンの形も変わっている。突くようにして生地を撫でながら、拓未は店員の言葉に耳を傾けていた。

「色がいいでしょ」

「あ、はい」

「後ね、このカットソーもラインがすごくよくて」

熱心に勧めてくれる声も、拓未には半分くらいしか頭に入ってこない。傍《かたわ》らで眺めている浩二郎が気になって仕方なかったからだ。

昔から誕生日やクリスマスには、きっちりとプレゼントをくれる男だった。しかしながら、浩二郎が社会に出てからは、図書カードや現金といったものになったし、それ以前も常に志束と差がつかないようになっていた。いつも志束のほうを可愛がっていたように思えた浩二郎だが、そういうところは気を遣っていたらしい。

　だから、拓未だけに何かくれるなんてことは初めてなのだ。

「じゃ、これとこれ試着ね」

「は、はい？」

　よく聞いていなかった拓未は、背中を押されて我に返った。いつの間にか試着することが決まっていたようだ。

　鏡を張ったドアの向こうがわは一畳弱のスペースだ。店員は拓未に服を渡すと、笑顔のままドアを閉めた。

　なんだか妙なことになってしまった。浩二郎と服を買いに来ることになるなんて想像もしていなかったし、祝いごとでもイベントでもないのに何かを買ってもらうというのも落ち着かない。

　それでも試着室に入ってしまった以上は仕方ない。拓未はおとなしく着替えを始めた。

（似あわないとか言って笑うつもりじゃ……ねーよな）

　考えすぎだと思いながらも、長年の経験がついそう思わせる。子供のころから、数えきれないほど浩二郎にからかわれたり騙されたりしてきた弊害《へいがい》だ。

　最初にシャツを着て、デニムを穿《は》いた。後者はステッチや小さなポケットがあちこちにある面白いデザインだ。

「……いいかも」

試着室内の鏡に映る自分を見つめ、拓未は小さく呟く。

思えば上京してから服を買うのは初めてだ。実際に着てみたら久しぶりの買いものという実感が湧《わ》いてきて、テンションも上がってきた。

(いくらすんだろ……)

何げなく札を見て、ぎょっとした。

デニムは三万を軽く超えている。慌ててシャツとカットソーの価格を確かめたら、どちらも二万近かった。今まで拓未が買ったことがない価格帯だ。

破られたシャツなんて、五千円もしなかったのに。

さすがにこれを全部買ってもらうのは気が引ける。シャツ一枚だって、価格的なバランスはとれていないのだ。

「いかがですかー?」

「あ、は……はい……!」

外から声をかけられて、拓未は反射的にドアノブを開けた。

「わぁ、いいね!」

「えっと……」

視線は勝手に動いて浩二郎を探していた。だが近くにいてくれるはずの男は、少し離れたところで女性と話していて、店員の声に気づいてからようやくこちらを見た。

「ああ、いいんじゃないか」

近づいてくる浩二郎と一緒に、女性も近づいてきた。二十代半ばくらいのその女性は、ふんわりとした雰囲気の美人で、どことなく印象が志束に似ていた。もちろん似ているとはいっても、そこは女性だ。ナチュラルに見えるようにはしているが、服装はもちろん、髪型から化粧、爪の先にまで気が遣われている。

拓未を見てにこにこ笑い、積極的に賛辞を送ってくるので、拓未はどうしていいのかわからなくなってしまう。

戸惑う拓未をよそに、店員はしゃがみこんでデニムの裾に触っていた。

「あんまり詰めなくていいみたいだな。脚長いね。背は僕より低いのになぁ……あ、動かないでね」

その声は右から左へ抜けていったが、別のところに意識をとられている拓未は、結果的に言われた通り動かずにいた。

耳は、浩二郎たちの会話ばかりを拾ってくる。

「可愛い従兄弟さんですね」

「でしょう。従兄弟っていっても、弟みたいなものなんですけどね」

「父から少しお話は聞いてます。今日はバースデープレゼントですか？　それとも入学祝い？」

「バイト代ですよ。データ整理とか入力をやってもらってたんです。それと、僕は家事が苦手なので、掃除とかね」

いつもだったら内心で毒づくところだが、とてもそんな気持ちは湧いてこなかった。浩二郎が女性と親しげに話しているだけで、ひどく動揺してしまっている。さっきまでのいい気分など、跡形もなく吹き飛んだ。

彼女は誰なんだろう。話の感じだと、彼女の父親と浩二郎が知りあいらしい。

「あちらのお客様お願い」

「はーい。失礼します、ごゆっくり」

拓未にぺこりと頭を下げて、店員は入ってきたばかりの男性客のところへ行ってしまう。そこで初めて理解した。

そういえば、彼女は何も持っていない。普通はバッグの一つも手にしているだろうから、もっと冷静になっていれば、ここの店員だということはすぐにわかったはずだ。

だいたい、こんなことでうろたえる必要なんてなかったのだ。浮気現場を見たわけじゃあるまいし、もっと堂々としていればいい話だった。

だが彼女の態度はあからさまだ。視線にも、しぐさや言葉にも、浩二郎への熱のこもった好意が表れている。あれだけの態度で浩二郎が気づかないはずがない。だが承知で拓未をつれてきたのだとしたら、その意図はなんだろうか。

「ほんと、顔ちっちゃいし、綺麗な顔」

「いや、あの……」

「スカウトされたりするでしょう」

思いがけない勢いで話しかけられ、拓未はたじろぎながらもなんとか笑顔を保った。ここで不機嫌を露にするほど子供ではない。

「もう一つのも着てみろよ」

「あ、そうですよね。じゃ、ボトムはそのままで」

浩二郎の声に、彼女はすぐさま同意した。送る視線は、やはりどう考えても熱いのだが、浩二郎はまったく気にしたふうもなく拓未を見ていた。

「さ、どうぞ」

押しこめられるようにして拓未は試着室に戻されたが、とても服を着て楽しむ気にはなれず、そのまま自前の服を着た。

その間にも、ドア越しに浩二郎たちの会話は聞こえてくる。いや、会話というよりも、彼女があれこれしゃべり、ときどき相づちが聞こえる程度だ。

手早く身支度をすませてドアを開けると、彼女は戸惑った顔をした。何かを言いだす前にと、言い訳するように拓未は口を開いた。

「着るとほしくなっちゃうから」

「え、でも……」

彼女はちらりと浩二郎を見やった。金を出すのが誰かを知っているので、スポンサーの意向を窺っているのだ。

浩二郎は拓未が手にした服をとりあげ、そのまま彼女に渡した。

「三つともプレゼント用にしてくれるかな。試着しなくても大丈夫だろうし」

「あ、はい。では、佐原さんこちらへどうぞ」

彼女が浩二郎をつれてレジへと向かうのを、拓未は黙って見送った。

そのまま会計とラッピングが終わるのを、ぽつんと立ちつくして待つしかなくなる。さっきの店員は、別の客の応対をしているし、一緒にレジカウンターまでついていく気もない。

カウンターはガラスだかアクリルが張られていて、下にはアクセサリー類がディスプレイされている。スツールに浅く腰かけ、そのカウンターでサインをしている浩二郎の姿は、客観的に見るとやはり格好いい。

子供のころから彼を知っていて、いろいろと被害を受けてきた拓未の目には、どうしてもマイナス点が目立ってしまうのだが。

ぷいっと視線を逸らし、拓未はそこらの服を手にとった。別にもう興味はないが、せめてものポーズだ。

意味もなく手にとったり戻したりしていると、浩二郎が近づいてくる気配がした。意識はずっと浩二郎に向けていたので、察することは簡単だった。

「行くぞ、拓未」

「うん」

店のロゴが入ったペーパーバッグを渡され、すぐに外へとつれだされた。

「ぜひまた一緒にいらしてくださいね」

一緒に。その言葉に意図を感じて、危うく顔を引きつらせてしまいそうになったが、慌てて頭を下げて背を向けたので、どうにかごまかすことができた。

短い挨拶《あいさつ》を終わらせ、浩二郎は並んで歩き始めた。

店から離れてほんの十数歩。もしかしたらまだ彼女がこちらを見ているかもしれないうちに、浩二郎はわざとらしく咳払《せきばら》いした。

「拓未」

「何」

「言い訳してもいいか？」

「……しなきゃいけねーようなことなんか、されてねーよ」

「そんなに尖《とが》った声出しといて、よく言うよ。むかついてるんだろ？　誰だよあれ、って思ってるんだろ？」

「思ってない」

ムッとして、自然と早足になった。しかし歩幅の大きさでは浩二郎のほうがずっと広く、難なくついてこられてしまう。むしろ今まで拓未の歩調にあわせていたのだと思い知らされた。

拓未はますます口を尖らせた。

「彼女は、うちの所長の娘さんだ」

「……ふーん」

「この間、所長と顧問会社に行った帰りに、あの店につれていかれたんだよ。で、何かあったら使ってくれって言われてさ。そのとき拓未に似あいそうなのがあったから、ちょうどいいかと思ったんだ。そのときは、今日みたいな感じじゃなかったんだけどな」

困惑したような口ぶりだが、表情はどうだかわからない。まして本心ではどう思っているのか、拓未に読めるものではなかった。

だが、拓未の機嫌を損ねたくないとか、関係をこじらせたくないと思っているのは確かなのだろう。でなければ、この男が言い訳なんてするはずはない。

「困ってたようには見えなかったけどね」

「外面《そとづら》には自信があるんだよ」

「ああ……」

確かに、と思わず納得してしまった。昔から浩二郎はやたらと評判がいいのだ。優秀なのも容姿がいいのも事実だが、性格だとか態度の点でも異常に褒めそやされてきた。外面がいいというよりも、むしろ周囲を騙しているといったほうが正しいくらいだ。

おそらく、実の親でさえも。

「あんた、猫被りのキャリアが違うもんな」

「おかげさまで、どこをどう切っても好青年だ」

「いつか痛い目見るぞ」

「せいぜい気をつけるよ」

軽く流されているのを感じて、拓未は再びムッとした。相変わらず余裕綽々《しゃくしゃく》で、人を見下したような態度だ。

「それより、腹が減ったろ。何が食いたい？」

「別になんでもいいよ」

「じゃ、フレンチ」

「え……」

露骨にいやそうな顔を見せたら、軽く頭を小突《こづ》かれた。思わず浩二郎の顔を見ると、ふんと鼻で笑われた。

「なんでもいいなんて言うからだ」

「それは……その通りだけど」

視線を外して口にした呟きは、まるでふてくされたようになってしまった。今のは全面的に浩二郎が正しいと思いつつも、殊勝《しゅしょう》な態度になれない自分に舌打ちしたくなる。

「ま、フレンチは俺もごめんだけどな。そうだな……串揚《くしあ》げでも食おうか」

「……うん」

横をついて歩きながら、拓未は小さく溜め息をつく。

浩二郎も問題だが、自分だって問題だ。それはわかっているのだが、感情が思い通りにはならなくて困ってしまう。

もっと素直になれればいいのに。

そう思って下を向いたら、手にしたペーパーバッグが目に入った。そういえば、まだこれの礼も言っていない。いくらシャツの弁償だとはいえ、単体として値段がつりあっていないし、ほかに二点買ってもらったのだ。

「あ……のさ」

「うん？」

あらたまって礼を言うとなると、たまらなく照れくさい。受けとったときに、さらりと口にしてしまえばよかった。

拓未はさらに足早に歩きながら、前を向いたままぼそりと言った。

「これ、ありがと」

軽くペーパーバッグを振ると、くすりと笑う気配がした。行き交う車の音がじゃまをして、はっきりと聞こえたわけではなかったが、笑っている顔までが想像できた。

「どういたしまして」

「なんか、後が怖いけど」

「お、よくわかったな。つきあいの長さは伊達《だて》じゃないな」

「え……？」

深く考えて言ったわけではなかった。だから思いがけない返しを受けて、拓未は虚をつかれてしまった。

「投資した分は回収するから。カラダで」

「ばっ……」

前言撤回。素直になんか、なってやるものか。なったら自分だけが損をすること請けあいだ。

ずかずかと歩く拓未の横を、浩二郎はひどく楽しそうに歩いていた。

「おーい、佐原。拓ちゃんってば」

ぽんと肩を叩かれて、拓未は我に返った。

顔を上げると、芳賀《はが》が呆れたような笑みを浮かべて立っていた。ぼんやりしているうちに講義は終わっていたようで、もう教室にはほとんど人が残っていない。

「なんか最近、よくぼんやりしてるよな」

「あー……うん」

「五月病？」

「違うよ。でも……うーん、全然かけ離れてるってわけでもねーかな」

「おいおい」

「暇っていうか、時間を持てあましちゃってるっていうかさ」

拓未はふうっと溜め息をついた。これは本当のことで、ここ数日の拓未は、気が抜けてしまって始終こんな感じだった。

浩二郎のアルバイトは週末で終わり、拓未は日曜の夜に帰宅した。だがまだ志東は戻っておらず、風見のところから大学に通っている。大量に食料を買いこんでしまったから、というのが理由らしいが、本当のところは離れがたいだけじゃないかと思っている。

どちらにしても、志東はもう拓未の手を離れたのだ。これまで志東の世話や心配をすることに時間をかけてきた拓未は、何をしたらいいのかわからないくらいに暇になってしまったのだ。

拓未はこうなってようやく、自分が趣味らしい趣味もないことに気がついた。

「真面目《まじめ》にサークルに顔出せばいいじゃん。料理研究会」

「あー……」

そういえば、入学してすぐにそんな名前のサークルに一度だけ顔を出した。偶然にも、中学のときに委員会で一緒だった先輩が同じ大学で、彼女は拓未を発見するなり突進してきて、開口一番に「佐原兄だよね？」と尋ねてきた。そうして拓未が頷くと、サークルに入れと迫ってきて、とうとう断りきれずに頷いてしまったのだ。

だが忙しさを理由に、顔を出したのは一度きりだ。そもそも料理研究会とはいっても、作るのではなく食べるのが目的の会で、最低でも週に一度は集まって飲み食いをするのが主な活動内容なのだ。

「学食のメニュー紹介とかもしてるらしいじゃん」

「ああ、そんなこと言ってたな。でも、たんなる食べ歩き集団だよ。飲み会みたいなこと、しょっちゅうしてるし。毎週、お知らせメールが来るんだよな」

「いいじゃん。暇なら参加すれば？　彼女とかできるかもよ？」

「別にいらねーけど……」

拓未はぼそりと呟いたが、芳賀には聞こえなかったらしい。

ほしくないと口にして初めて気づいたが、拓未が女の子に興味を持たなくなって、もう何年も経っている。中学に入ったころまでは、それでも同級生に心ときめいたりしていたはずだが、いつの間にかまったく意識しなくなってしまった。だからといって男に興味があるわけじゃない。拓未の意識が向かっているのは、浩二郎だけだった。

おそらく、女の子に目がいかなくなった時期と浩二郎を好きになった時期が重なるのだろう。いや、もしかするとそれより遥《はる》かに前かもしれない。

（やっぱり俺、鈍《にぶ》いのかも……）

拓未は大きな溜め息をついた。

「なぁ、参加すんの？」

「んー……するかも」

「じゃ、俺も入ろうかな」

「は？」

「だってあれだろ？　合コンサークルみたいなもんだろ？　女の子いっぱいだろ？」

「あ、まぁそうだけど」

一度だけ参加したときの面子《めんつ》は、確かに七割が女の子だった。あのときも、ひっきりなしに女の子から話しかけられたり誘われたりしたのだが、拓未の心はぴくりとも動かなかった。それでも、他愛もない話をしているのは、結構楽しかったと記憶している。

下の名前ではなく名字で呼ばれるのが、新鮮だったせいかもしれないが。

「いいよ。一緒に顔出そうか」

「やったー」

合コン好きな芳賀はあからさまに喜んで、携帯電話をとりだす拓未を見つめる。

おととい来た先輩からのメールを確かめると、集まりが今日あると書いてあった。タイミングとしてはちょうどいいが、問題は急遽《きゅうきょ》参加が可能かどうかだ。拓未は友達をつれてでたいと打って送り、返事を待った。

間もなくして来たメールには、大げさなほどの歓迎を綴《つづ》った言葉が並んでいて、思わず拓未は苦笑してしまった。

「大丈夫だった。店は創作和食ダイニング……だってさ」

「お、いいじゃん。わーい楽しみ」

浮かれる芳賀を横目に見つつ、拓未は携帯電話を閉じた。


「お疲れー。今日はこれで解散でーす」

それが号令になって、参加者たちは次々と席を立った。店の一角を占めていた学生たちは、それぞれに言葉を交わしながら店を出ていき、拓未も件《くだん》の先輩と並んでビルの階段を下り始めた。参加者は二十人近いので、小さなエレベーターではとても間にあわないのだ。

「また来なよ」

「あ、はい」

「でさ、今日の面子で気になる子いた？」

先輩は小さな声で尋ねてきた。

拓未よりもずっと小柄な彼女は、昔から言葉遣いが乱暴で姉御肌だった。当時はショートカットで、ガリガリに痩《や》せていて、制服の下の部分さえ見なければ少年のように見えたものだが、華奢《きゃしゃ》で愛くるしい顔立ちは当時も一緒だ。二十歳を超えた今は、見た目こそ女らしく装うようになっていたが、中身は相変わらずだった。

「別に俺、そういう気ないですから」

「じゃ、紹介したいって言ってもだめか」

「すみません」

「彼女いんの？」

「まぁ……一応、つきあってる相手はいますけど」

拓未は心の中で、彼女じゃないけど……と続けた。

つきあっているという言い方には違和感を覚えたが、浩二郎から告白され、拓未のほうも好きで、セックスまでしているのだから、間違いではないだろう。

「ふーん。こっちにいんの？　それとも地元？」

興味津々で尋ねられ、拓未は後悔した。心なしか先輩の目は輝いているし、あちこちで聞き耳を立てられているようだ。

今さら否定するのはおかしいし、地元なんて答えたら、先輩からもっと突っこまれ、ぼろが出てしまう可能性がある。答えは自ずと絞《しぼ》られた。

「こっちですけど」

「うちの学生？」

「いえ……」

答えながら、頭の中ではかなりのスピードでいろいろな考えがまわっていた。ここで大学の子だと言うのは無理がある。幸いにして芳賀は一人の女の子と意気投合し、話に夢中になりながらずいぶん前を歩いているが、後で話が行ったらすぐに嘘だとばれてしまう。拓未に女の影がないことは、芳賀がよく知っているのだ。

だからといって、拓未には大学外での知りあいなんて風見くらいしかいない。

「えっと、その……弟の知りあい、なんですけど」

「ああ、双子の弟か。元気？　相変わらず、ぼーっとしてんの？」

「はい」

笑みを噛み殺しながら拓未は頷いた。彼女にとっても、志束の認識はぼんやりしているというものらしい。

志東はどこへいっても異彩を放つらしく、大学でもかなり有名だと聞いている。つかみどころがない、変わっている、不思議、ぼーっとしている。志東のことを語るとき、人はだいたいこんな言葉を並べ立てるのが常だ。

彼女はうんうんと大きく頷いた。

「そっか。弟のね。じゃ、ホヤホヤだ」

「そうですね」

「なんだよ、もっと嬉しそうにすりゃいいじゃん。照れてんのか?」

「いや、まぁ……」

拓未は苦笑しながら視線を下に向けた。そう思ってくれるのは都合がよかった。

駅まで集団でだらだらと歩き、ホームで、いくつかの駅で、少しずつ人は減っていった。そうして一人になり、誰も待つ人のいないはずのマンションに戻ったとき、拓未は大きく目を瞠った。

窓から明かりが漏れているのが見えた。

「志東……」

予定が変わったのだろうか。あるいは風見と一緒なんだろうか。拓未は自然と足早になり、急いで部屋に戻った。

勢いよくドアを開けたとき、そこにあった靴を見て、拓未は予想が外れたことを知った。

この革靴は、浩二郎のものだ。はっきり覚えているわけではないが、サイズ的に志東のものではありえないし、風見が履《は》くタイプでもない。

途端に足の運びはゆっくりとなるが、たいした距離ではないから、すぐにリビングに辿《たど》り着いてしまう。ドアは開きっぱなしだった。

浩二郎はまるで自分の部屋のように、ソファで寛いでいた。

「あんた、何してんの？」

「おかえり。ずいぶん遅かったな」

「ああ、うん。ちょっとサークルに顔出しててさ。で、なんの用？」

言ってしまってから、我ながら可愛くないなと思った。仮にも恋人が来たというのに、なんの用はないだろう。

現に浩二郎は、やれやれと溜め息をついた。

「恋人に会いに来ちゃいけないか？　まぁ、いい。そのサークルってのは、何やってるんだ？」

「何……って、まぁ……あちこちのメニューとか紹介したり……。後は、決まった料理ばっかり食べ歩いて、星つけたりしてる。中学のときの先輩に誘われて入ったんだけど、その人はチャーハンを攻めてるって言ってた」

「くだらない活動だな」

「別にいいじゃん。趣味の問題だろ」

「もっと有意義なことをしろよ。大方、研究とかいって食って飲んでるだけなんじゃないのか」

呆れた口調にムッとしながらも、実態はその通りなので、否定も庇《かば》いもしなかった。ただし、反論はした。

「有意義かどうかはあんたの基準だろ。楽しいって理由じゃだめなのかよ」

「趣味で美味《うま》いもの食ってるならいいんだよ。でも、どうせ合コンサークルみたいなものなんだろう。違うか？」

「そういう気分のやつもいるけど、俺はそんなんじゃない」

自分でも声が尖ってきているのがわかる。頭ごなしに否定され、反抗心がむくむくと湧いてしまっていた。このままじゃ引っこみがつかなくなるのは目に見えているのに、どうにもクールダウンできないのだ。

「浮気なんかしねーから安心しろよ」

「そういう心配をしてるんじゃない」

「じゃ、なんだよ？」

「酔いつぶされて、襲われる心配があるだろ。で、先輩ってのは、どんなやつなんだ？」

「ちっちゃくて可愛くて男前」

抱いている印象をそのまま口にしたら、浩二郎は怪訝そうな顔をした。おそらく男だと思っているのだろうなと思いながら、拓未は続けた。

「女の人だよ。参加してるのも、半分以上が女の子。だから余計な心配すんなよ。そのほうがよっぽどくだらねーよ」

吐き捨てて、拓未は自室に向かった。肩から外したバッグをベッドの上に放りだし、拓未は大きな溜め息をついた。

またやってしまった。ケンカ腰になりたいわけじゃないのに、どうして何度も同じことを繰り返してしまうのだろう。

こんなことでは、遠からず愛想をつかされてしまいそうだ。かといって、浩二郎に好かれようとして必死になる自分なんて気持ちが悪い。

部屋の真ん中で立ちつくしていると、背後でノックの音がした。

「いいか？」

「……いいけど」

後悔の表情を隠そうとしたら、なんだか不機嫌そうなそれになってしまったが、とり繕《つくろ》う前にドアは開いた。

浩二郎は拓未の顔を見て嘆息し、勝手にベッドに腰かけた。

「ちょっとここ座れ」

「説教？」

「いいから、来い」

浩二郎は自分の隣を軽く叩き、視線でも拓未を呼んだ。

ここで逆らうほどの理由も、強い感情もあるわけではなく、拓未はおとなしく隣に座った。自分の部屋だというのに気分が落ち着かないのは、浩二郎との近すぎる距離かもしれないし、これから切りだされるであろう話に身がまえているせいかもしれない。

無意識に握りしめられていた手を、意識して開いたとき、苦笑まじりの声が聞こえてきた。

「さっきのは俺の言い方もまずかったよ。悪かった。心配なのも確かなんだが、単純に面白くなかったんだ」

「え……」

拓未はぎょっとして顔を上げた。

浩二郎が謝ってくるなんて意外だった。彼にまったく非がないとは思っていないが、先に折れるとも思っていなかったのだ。拓未の態度を注意されるとか、説教を食らうとか、そんなふうにしか考えていなかった。

「なんだよ、そのありえないって顔は」

「だ、だってさぁ……」

「おまえは俺のことを相当誤解してるよな」

「あんたがガキのころから俺をいじめてたからだろ！」

「あれは愛情表現だって言っただろう。おまえの反応が面白いからだよ。でも、やりすぎたときは謝ってたはずだぞ」

間近からじっと見つめられ、拓未は思わず目を逸らした。そして今の言葉を考えてみる。

記憶の糸をたぐり寄せてみれば、確かに何度か謝罪を受けたことはあった気がする。ただし常に冗談めかしていたから、拓未の中に謝ってもらったという感覚はなかったのだ。

「全然、伝わってなかったんだけど」

「今日は違うだろう?」

「一応」

「はめは外すなよ。それと、あんまり飲むな。真っ当な判断ができる範囲でな」

「……まともな保護者みたいじゃん」

素直に思ったことを口にしたら、ひときわ大きな溜め息をつかれてしまった。

「過保護な恋人、くらい言え」

「でも俺にとって、過保護な恋人の基準って風見なんだよな」

「志束を恋人にしてるやつと一緒にするんじゃない。相手の危なっかしさが違いすぎるだろうが。あの子からは目が離せないよ」

従兄弟としてはともかく……とつけ足して、浩二郎は笑った。

彼の意見に拓未は大いに頷いた。あんなに無防備で自分自身への関心が薄い志束が恋人だったら、さぞかし気苦労が絶えないことだろう。まめで世話焼きで口うるさい風見は、これ以上ないほど相性のいい恋人に思えた。

「俺は普通に過保護なんだ。知らなかったろ？」

「うん……」

後頭部に手をまわされて、ゆっくりと引き寄せられる。

キスされるのだろうかと思いながらも、目は開けたままでいた。顔が近づいて、浩二郎が目を閉じるのを見て、ようやく拓未も同じようにした。

軽く重ねるだけのキスは、すぐに離れていった。

「じゃあな。明日は泊まりに来いよ」

「帰るんだ？」

「なんだ、寂しいのか」

「っていうか、そのつもりで来たのかと思ってたからさ」

しかしながら、浩二郎がスーツの上着さえ脱いでいなかったことに、拓未は今ごろになって気がついた。ネクタイこそ緩められているが、着崩れているというのとはほど遠い。

「明日は一コマめからだろう？」

「あ、うん」

「だから続きは明日だ。ちょっと遅くなると思うから、先にメシ食って待ってろ」

浩二郎はそう言い置くと、拓未の返事を確かめることもせずに立ちあがった。その姿を見送りながら、拓未はふーんと鼻を鳴らした。

「なんだ?」

「いや……意外だなと思って」

「何が」

「どうかしたのか?　なんか、すげー大人みたいじゃん」

素直に思ったことを口にすると、浩二郎は露骨にいやそうな顔をした。

「みたいじゃなくて、大人なんだよ。まったく……明日泣かしてやるからな」

偉そうに言っているが、少なくともそれは大人のセリフではないだろう。無自覚なのか故意なのかまでは、わからなかった。

拓未は呆れながらも、黙って浩二郎を見送った。

ベッドの中から浩二郎を見送ったのは、ほんの三十分くらい前だった。

金曜の夜にここへ来て、週明けの今日まで三泊した拓未は、だるい身体を起こしてシャワーを浴び、身支度を調えた。

大学は午後からだ。二コマめが休講になることは先週のうちにわかっていたことで、だからこそいつもは二泊のところを三泊することになったのだった。

「ふぁ……眠……」

鏡に映りこむ顔は、まだ眠気が残っているせいか、普段よりも志束に近い。やはり顔立ち自体はそっくりだなと、今さらのように拓未は思った。

食事の量や運動量が違うから、体格は微妙に違う。拓未だって痩せていると言われるのに、志束はさらに肉がない。頼りなげなその身体つきと表情の作り方、そして視線を落としがちなことで、志束の雰囲気はとても儚《はかな》げになってしまう。実際は繊細というわけではないのだが、そう見えるのだ。

男だとわかっていても、志束はつい守りたくなる人間だ。いや、放っておけないと言ったほうが正しい。

「双子なのに、なんでこうも違うかな」

同じ遺伝子を持っていて、同じ環境で育ったのに。

拓未はふうっと息をついて洗面所を出た。

ざっと掃除をしてから出ようと思い、ゼリータイプのバランス栄養食を咥《くわ》えながら拭《ふ》き掃除をしていたら、携帯電話の着信音が聞こえてきた。

音で浩二郎だということはわかる。さっき出たばかりなのにと、拓未は訝《いぶか》りながら通話ボタンを押した。

「はいはい、何？」

『忘れものした』

「はぁ？　何やってんだよ、あんた」

『大学行く前に、ちょっと事務所に寄ってくれ。書斎の机の上にA４の茶封筒があるから。昼までに必要なんだ。場所はわかるだろう？　悪いな、よろしく』

一方的に捲《まく》し立て、浩二郎は返事も聞かずに電話を切ってしまった。

「ちょっ……」

拓未は思わず携帯電話を見つめた。いくらなんでも一方的すぎやしないだろうか。腹が立つよりも唖然としてしまい、しばらく声も出なかった。

そんなに大事なものならば、自分でとりに戻ればいいだろうに。ここからだと大学とは反対方向なのだから、拓未は「ちょっと寄る」わけにはいかないのだ。

「あんなの、絶対に大人じゃねーよ」

ぶつぶつ言いながらも、拓未は書斎に向かった。おとなしく従うのは、断りの電話やメールをするのが面倒だったからだ。それだけのことだった。

言われた通りの場所に茶封筒はあった。折るわけにはいかないし、バッグにも入らないサイズなので、拓未は手にしたまま浩二郎のマンションを後にした。

場所は住所しか知らないが、銀座だと言っていたからとにかくそこへ行けばいいだろう。

電車を乗り継いで、拓未は目的の駅に降り立った。しかしながら出口がいくつもあって迷ってしまい、結局は交番で道を尋ねることになった。

簡単な手書きの地図を手に辿り着いたビルは、思っていたよりも小さなものだった。築年数もそれなりのようで、看板も新しい感じはしない。ここに事務所をかまえて三十年近く経っているそうなので、それは当然かもしれない。

年季の入ったエレベーターに乗って四階で降り、関根《せきね》法律事務所と書かれたドアをノックした。中から女性の声がし、間もなくしてドアが開く。拓未の顔を見ると、三十代半ばとおぼしき女性はにっこりと笑った。

「佐原さんでいらっしゃいますか?」

「は、はい」

「お待ちしておりました。どうぞ」

笑顔で通され、拓未は事務所に入る。ついたての向こうには机がいくつか置いてあり、席に着いた浩二郎が電話をしていて、軽く手を挙げてきた。ほかにも四十代らしい男性が一人、窓側の大きな机にはもっと年嵩《としかさ》の男性が座っていた。おそらく彼が所長なのだろう。

拓未はぺこりと頭を下げた。

「こちらへどうぞ。すぐに終わると思います」

「い、いいえ。これを渡していただければいいんで」

あまり長居したくなくて、拓未は茶封筒を女性に差しだした。しかし彼女は困ったような顔をして、ちらりと所長らしき男を見た。

それが合図だったように男は立ちあがった。

「所長の関根です。わざわざすまなかったね」

「あ、いえ……。初めまして、佐原……拓未です」

姓だけでは浩二郎と一緒だと気づいて、慌てて名前をつけ足した。浩二郎はまだ話をしていて、こちらに注意を向けている様子はない。代わりにもう一人の所員——浩二郎の先輩弁護士だ——が、興味深げにこちらを見ていた。

「どうぞ、かけて。学校は午後からなんだろう?」

「はぁ……」

そんなことまで言ったのかと、拓未は心の中で浩二郎に文句を言った。急ぐからと言って帰ろうとしたのに、出鼻をくじかれてしまったし、別の用事があると言うにも、タイミングを逸している。

拓未は仕方なく、勧められるままソファに座った。

「君の話は娘から聞いているよ」

「え？」

「代官山の店で会ったんだって？」

「あ、ええ……」

「しきりに美形の家系だと言っていたよ。大学生活はどうかな。こっちでの暮らしにも、そろそろ慣れたかな？」

親しげに話しかけられて、拓未はひたすら戸惑った。

関根は物腰が柔らかく穏やかなのだが、どこか逆らいがたい威圧感を放っている。拓未は気圧《けお》されて、生返事しかできなかった。

浩二郎の電話はまだ終わらない。びっしりと字が書き込まれた書類を手に、さっきから真剣な顔で話している。

仕事をしているときの彼を見るのは、もちろん初めてだ。浩二郎の姿なんて見慣れているはずなのに、不覚にもときめいてしまう。五割り増しくらいに格好いいと思った。

「よくやってくれているよ、彼は。真面目だし、熱意もあるしね。顧客からの評判もよくて、この間は、顧問先の社長から見合い話を勧められたくらいだよ。断っていたけどね」

「そうなんですか」

その話は初耳だ。楽しいとは思えないが、不愉快になるほどでもない。浩二郎は断っているのだし、相手が勝手に持ち出した話にまで、拓未が翻弄《ほんろう》される必要はなかった。

関根は急に身を乗り出し、声をひそめて言った。

「心に決めた相手がいるんだって？」

「ええ、まぁ」

どきっとしたが、何食わぬ顔で頷くことに成功した。

「そうか……残念だな。うちの娘と結婚してもらって、後を任せられたらと思っているんだけどねぇ」

拓未は顔が引きつりそうになるのを、必死にとり繕う。無表情に近くなってしまったが、関根は気にしていない様子だった。

心底残念そうな関根だが、諦めたわけではないのだろう。その証拠に、過去形では言わなかった。

「所長、従兄弟に何を言ってるんですか」

いつの間にか電話を終えていた浩二郎が、呆れたように言いながら近づいてきた。そうして拓未の隣に腰を下ろした。

「いいじゃないか。可能性はゼロじゃないんだし」

「ゼロですよ」

「うちの子のことは、結構気に入ってるんだろう？」

「申し分のない、いいお嬢さんだと思ってますが、好意と恋愛感情は違いますよ。所長、勘弁してください」

やんわりと言ってから、浩二郎は拓未の顔を見た。いつも拓未に見せる、からかうようなまなざしでも、恋人として見せる優しい顔でもなく、志束に接するときのような、身内としての親しげな様子だった。

違和感が強くて仕方なかった。

「わざわざ悪かったな」

「別に……。俺、もう行くね。友達とランチの約束してるから」

適当な言い訳をせいいっぱい愛想よく口にして、拓未は立ちあがった。居心地が悪いという理由もあったが、これ以上いたら不機嫌を露にしてしまいそうで、その前に退散したかったのだ。

拓未は丁寧に挨拶をして、事務所を後にした。足早にビルから離れ、まっすぐに大学へと向かう。むかむかして、油断すると顔をしかめてしまいそうだった。

(まんざらでもないって顔しやがって)

浩二郎は否定はしていたが、その表情や態度に迷惑そうな気配は見えなかった。相手が雇用主だから強く出られないのだとは思うが、あれでは今の恋人と別れればチャンスがあると思われても仕方ないだろう。関根が諦めないのは、浩二郎の態度のせいなのだ。

地下鉄の窓に映る顔は、あからさまに不機嫌そうだ。こういう顔は、まったく志束と似ていないなと思う。

拓未はバッグから携帯電話をとりだして、着信がないことにがっかりした。

(フォローくらいしやがれ)

些細なことで一喜一憂している自分に拓未は戸惑った。恋人同士になってからのほうが、よほど浩二郎に感情をかき乱されている。

（恋愛ってめんどくさいよなぁ……）

期待しないでいられたうちは、まだよかった。どうせ好かれていないのだからと、もっと浩二郎に対して強く出られた。振り向いてもらえない悲しさに胸を痛めはしたものの、不安を感じたりはしなかった。だが手に入ってから、拓未はこの関係が確かなものかと戦《おのの》き、奪われたり失ったりする怖さに震えるようになってしまった。

自分自身が鬱陶《うっとう》しいなんて初めてだ。

「よっ、佐原。早いじゃん」

後ろから聞こえてきた芳賀の声に、拓未は足を止めずに振り返った。

「ちょっとね。芳賀こそなんで？」

「休講だってこと忘れててさ。ついさっき思いだした。あれ……なんかご機嫌ななめ？」

「いや……うん、ちょっと寝不足でさ」

否定してもごまかせないだろうから、拓未はそれらしい理由をとってつけた。隣に並んだ芳賀は特に気にした様子もなく、むしろ別のことに気をとられている様子だった。何か考えごとをしているようにも見えた。

キャンパスに足を踏み入れたころ、唐突に芳賀は言った。

「こないだの飲み会のとき、彼女いるとか言ったんだって？　真相確かめてこいって言われてるんだけど」

「は？　あ……ああ、うん」

先輩から話がまわったのか、近くで聞いていた誰かが言ったのかは知らないが、とにかく芳賀の耳に入ったのだと知った。

別に困ることでもないのでいいが、芳賀の歯切れの悪さが気になった。

「あのさぁ……それ、マジ？　造りじゃなくて？」

「……なんで？」

内心の動揺を押し隠し、拓未は返した。

「だって、つきあい始めたばっかの彼女がいるのに、暇でしょうがないって溜め息ついてるやつって、あんまいないと思うぞ？」

身がまえていた拓未は、そういうことかと肩から力を抜いた。よく考えれば、芳賀は彼女がいるか否《いな》かを問題にしているのであって、性別のことなど最初から微塵も疑っていないのだ。

だから拓未は余裕で言った。

「週末しか会えないんだよ。向こうは社会人だから、平日は会えなくてさ」

「ああ、なんだそういうことか。身がまえて損した」

「なんで身がまえるんだよ」

「いや、いろいろと噂《うわさ》がね……」

こんなふうに言葉を濁《にご》されたら、気になってしまうではないか。話を終わらせようとする芳賀の横顔を見つめ、拓未は声を低めた。

「噂って?」

「くだらない話だから、別に知らなくてもいいって」

「気になるだろ。言えよ」

ぐっと芳賀のシャツの袖《そで》を引っぱると、困ったような顔が向けられた。だが勘弁してやるつもりはなく、拓未は軽く睨んで見せた。

「そんな可愛い顔で睨まないでぇ」

「いいから言えって」

「あーいや、だから……うん、他愛もない話よ。佐原が女の子にまったく興味示さないから、出ちゃった噂なんだけど」

「ああ、つまり俺がホモって話?」

「というか、双子の弟とデキてる、みたいな?」

「どんなナルだよ」

あまりにバカげた噂だったので呆れるしかなかった。ホモだと言われたら冗談にならないところだが、相手が志束となったら笑うしかない。何が悲しくて、自分と同じ顔をした弟とそんなあやしい関係にならなくてはいけないのだろうか。ナルシストにもほどがある。

拓未は大きな溜め息をついた。すっかり毒気が抜かれてしまった。

「まぁまぁ、別に本気で言ってるわけじゃないから。ほら、佐原があんまり弟のことばっかり気にしてるから、そういう冗談が出るわけだよ」

確かに他愛もない悪ふざけだ。双子という情報を元に、面白おかしく仕上げただけのことだ。目くじらを立てるほどのことではない。芳賀だって悪びれたふうもなく、一人ですっきりとした顔をしていた。訊けと言われていたことを訊いたので、気が楽になったのだろう。

「俺さ、朝飯食ってないんだよね。なんか食うから、つきあって。茶ーでも飲んで」

「そういえば俺も食ってなかった」

「お、ちょうどいいじゃん」

芳賀はにこにこ笑いながら、学内で一番広くて古い学食に入っていく。ほかにも業者が入っている店は二つあるのだが、どちらもここよりはずっと狭く、価格帯も若干上だ。そしてここが食堂といった雰囲気なのに対し、ほかの二つはカフェテリアとかレストランといった感じだった。

「A定でいいや」

「じゃ、俺もそれ」

特に食べたいものもなかった拓未は、芳賀と同じものにして、まだ十分に空きがある席に座った。テーブルは十人が一度に着けるものだが、年季が入っているので細かい傷だらけだ。よく言えばシンプル、悪く言うと味気なかった。椅子《いす》もくたびれた丸椅子だ。

「でさ、今日暇ってある？」

「ないこともないけど、何？」

「合コン。足りないって頼まれちゃってさ。平日は暇なんだろ？」

「パス。興味ないし、月曜からコンパに参加する気もねーよ」

ただでさえ、だるいのだ。今日は早く帰って、早めに眠りに就いてしまいたい、というのが正直な気持ちだった。

「いいじゃーん。餌《えさ》になってぇ」

「餌ってなんだよ」

「あのね、佐原のそのルックスで、女の子が近づいてくるじゃん。で、彼女がいるってバラして、すかさず俺が売りこむの」

「……はぁ」

拓未が呆れ果てて大きな溜め息をついたとき、バッグの中から着信音が聞こえてきた。メール用の着信音で、浩二郎に設定しているものだった。

（あのバカ、仕事中に……）

まだ昼休みではないはずなのに、一体何をやっているのか。そう思いながらも、メールをくれたことは嬉しくて、拓未は複雑な思いのまま文面を読んだ。

途端に拍子抜けした。さっきの礼と、食事の誘いだけだった。所長の言葉に対するフォローはまったくなかった。

あれは所長の勝手な希望だと、拓未はちゃんと理解している。それを承知しているから、浩二郎はフォローの必要はないと思ったのだろうか。

（けど、なんか一言あってもいいんじゃねーの？）

仮にも恋人の目の前で、上司から婿《むこ》にと望まれ、その相手のことを褒めたのだから。しかも迷惑そうな態度も見せずに。

ああ、なんだか腹が立ってきた。

拓未は顔を上げ、芳賀の顔を見た。

「いいよ、行く」

「お？」

「気分転換したくなってきた」

突然の方向転換に、芳賀は目を丸くしていたが、すぐに意味ありげな笑みを浮かべ、向かいがわから身を乗りだしてきた。

「わかった。彼女とケンカしたんだろ。だからさっきから機嫌悪かったんだ」

手にした箸《はし》で人を指すのはやめてほしい。拓未は顔をしかめたが、あながち間違いでもなかったので、ぶっきらぼうに返した。

「ケンカじゃねーけど、むかつくことされた」

「ははぁ」

「謝りもしねーで、暢気《のんき》にメシ行こうとか言ってきたから、振ってやる」

「あーあー、すねちゃって。そっかー、年上もいいよな。甘えられてさ」

芳賀は箸を止め、うっとりした目で空を見ている。年上の女性に甘やかされている自分を想像しているのは間違いなかった。

拓未は黙々と料理を口に運ぶ。

年上だからといって甘えられるわけじゃないが、それを言うつもりはなかった。そもそも浩二郎に甘えているつもりはないし、そういう関係でもないのだ。

「冷めるぞ。早く食えば？」

「あ、うんうん」

ようやく戻ってきて食事を再開させた芳賀を前に、拓未はこっそりと溜め息をついた。


返信のない携帯電話をちらりと見て、浩二郎は小さく嘆息した。

拓未はああ見えても律儀で、くだらない用件でもすぐに返事を寄越《よこ》してくれる。あれから何時間経っても返ってこないということは、無視を決めこんだと見ていいだろう。

(怒らせたかな)

思わずくすりと笑みが浮かんだ。

恋人を怒らせたとなったら、普通はもっと慌てたり焦ったりするものだろうが、浩二郎の中にあるのは、むしろ喜びだ。拓未が自分のことで一喜一憂するのが嬉しくてならない。どうやって宥《なだ》めようかと考えるのも楽しかった。

悪い癖だということは承知している。だが反応が可愛くて、ついやってしまうのだ。

パソコン画面に目を戻しかけたとき、携帯電話が着信を知らせて点滅した。サイレントモードにしてあるので、音は鳴らなかった。

メールの着信で、相手は拓未だ。さてなんと打って寄越したのかと思いながら開くと、件名は浩二郎が送ったものにレスがついているだけで、本文も「今日合コン」のみだった。余計な言葉はおろか、助詞すらもなかった。

(完全にすねてるな)

口元が緩みそうだった。

「佐原くん」

気がつくと、先輩弁護士が怪訝そうな顔をしてこちらを見ていた。浩二郎は慌てずに、にっこりと笑みを返した。

「なんでしょうか」

「ご機嫌だね。それを見こんで、頼まれてくれないかな。これから浅井《あさい》さんだろう？　帰りに、タバコよろしく」

「いいですよ」

「悪いね。で、相続問題はどんな感じ？」

「判例を羅列《られつ》して見せたら、案外簡単に納得してくれました。時間が経って、少し冷静になったというのもあると思いますけど」

年配の女性クライアントの顔を思いだし、浩二郎は小さく頷いた。遺産なんて、少額ならば揉《も》めたりしないと思っていたのに、この仕事に就いてから金額は関係ないと知った。重要なのは、相続する者の人となりだ。

「ま、あれはどう考えたって勝てる裁判じゃないからね。こっちは確実に裁判行きだな。鼻息が荒い荒い」

名誉毀損《きそん》だと激高していたクライアントの顔はあまり覚えていないが、今にも血管が切れそうな勢いだったことは記憶に残っている。

「勝てそうなんですか？」

お茶を置きながら、事務の女性が尋ねた。

「一つだけ確実なのは、慰謝料《いしゃりょう》三千万はありえないってことだね」

「ですよねぇ」

「じゃ、僕はちょっと浅井貿易さんに行ってきます。一時間以内に戻れると思います」

浩二郎はブリーフケースに書類を詰めると、その場を抜けて事務所を出た。入れ違うように、昼すぎに出かけていった社長が戻ってきて、エレベーター前でばったり会った。

「浅井さんに行ってきます」

「ご苦労様」

短い言葉を交わしあい、エレベーターに乗りこむ。目的の会社は、歩いて五分ほどのところにあった。

外へ出ると、きつい日差しに目を射られた。夏の気配を強く感じた。

(夏休みになったら、二人とも帰省するんだろうな)

期間は知らないが、帰るのは間違いない。両親も帰ってこいと声高に叫ぶだろうし、地元の友達にも会いたいだろうし。

それでも、期間を少しでも短くしてくれればと思う。外でアルバイトをさせればある程度は果たせると思うが、浩二郎が余計な心配をするはめになるから、あまり気は乗らない。虫がつく心配があるのは何も志束だけではない。もちろん危険度でいえば拓未のほうが志束よりは低いが、無防備という点では、あの双子はいい勝負なのだ。

拓未はとかく自分を棚上げする傾向にある。志束は男に興味を持たれやすいから注意せねばならないと、強く想っているのはいいのだが、同じ顔をしていながら自分はまったくその危険がないと信じているのだ。

確かに、隙《すき》は少ないかもしれないが。

(まったくあの双子は……)

昔から拓未と志東は互いにコンプレックスを抱きあっていて、見ていてもどかしかった。浩二郎にしてみれば、まるで「羨《うらや》ましごっこ」をしているようだ。おそらくいまだに、自分のほうが劣っていると思いあっているのだろう。

個性を比較するなんて、無意味なことなのに。

(志東はそんなに長く帰らないだろうな)

聞けば恋人の風見は父親と仲違いをしていて、実家へ戻ることはないという。ならば志東も、なるべく長くこちらに留まりたがるだろう。

以前の拓未ならば、間違いなく志東につきあった。しかし今は違うだろう。

(ちょっと探りを入れてみるか)

浩二郎は昭和通《しょうわどお》りを渡り、東銀座《ひがしぎんざ》と呼ばれる地域に足を踏み入れた。

　グラスの氷がからんと崩れ、拓未ははっと我に返った。

　ようやく隣で話していた女の子の声が耳に入ってきたが、どうやら上の空ながらも相づちは打っていたらしく、相手が不審に思った様子はなかった。もっとも女の子はかなり酔っているらしいので、気づかないのはそのせいもあったのだろう。

「あたしの友達が、佐原くんの弟知ってるんだってー」

「へぇ」

　この話も、覚えているだけで三回めだ。ちゃんと聞いていないときにも話していた可能性はあるので、もしかしたら四回以上はしているのかもしれない。

　周囲からはさっきからずっと放っておかれている状態だ。下手に声をかけて絡まれてはたまらないという雰囲気がひしひしと伝わってくる。拓未をつれてきた芳賀でさえ、二つ隣の席で可愛い女の子と話すのに夢中になっていて、拓未のことなど完全に忘れ去っていた。

「学部違うんだけどー、弟って超有名なんだって。そんなに変わってんの？」

「そうでもねーよ」

　こう返すのも三度めだ。どうせ志束と話したこともない相手だろうが、人の弟を変わり者呼ばわりするのはやめてほしいものだ。いや、確かに少しばかり変わったところはあるかもしれないが、テンポや雰囲気が独特なだけで、おかしなことを口走るわけでも、エキセントリックなわけでもない。奇行だってない。せいぜい木にひっついて、ぼんやりしているくらいなのだから。

拓未は溜め息をついた。

酔っぱらい相手に志束のことを語っても意味はない。同じ話を繰り返されるのも、いい加減疲れてきた。

もう帰ってしまおうか。飲み会が始まって一時間ほどだが、お開きになるまでこの状態なのは、さすがにつらい。

「あのねー、あたしの友達がね……」

ここで逃げたら軽く恨まれるかもしれない。だが初対面の相手の面倒を引き受ける義理もない。彼女の友達は、さっきから心底すまなそうな顔をして、ちらちらとこちらを見ていた。

やはり逃げよう。

そう思ったとき、店員がドリンクを運んできた。

彼女の気が一瞬逸れ、ちょうど向かいの席の友達と目があった。すると彼女はスイッチが切り替わったように、友達へと話しかけていった。

絶好のチャンスを見逃さず、拓未はそっと立ちあがる。壁際の席でなかったのは幸いだ。真後ろに抜け、今日の幹事に近づいていって、帰る旨《むね》を告げた。飲み放題パックなので、席に座ってすぐに徴収された額でこと足りるはずだ。

芳賀はまったく気づいていないが、別にかまわないだろう。

逃げるようにして外へ出て、拓未はほっと息をついた。

「なんか、雨降りそう……」

空気に湿度を感じる。これは早く帰ったほうがよさそうだ。元より寄るところがあるわけではなく、拓未はまっすぐ帰途に就いた。

電車に乗りこんでから携帯電話を見たが、着信はなかった。

今は七時半。浩二郎はまだ食事をしていないかもしれない。どうせ拓未もほとんど飲み食いしていないことだし、一緒に食べようと誘ってみようか。

拓未はボタンに指をかけ、登録してある浩二郎の番号を呼びだした。

だがそのまま指は止まってしまった。あと一つ押せば、恋人に呼びかけることができる。向こうが出なくても、痕跡《こんせき》は残すことができるのだ。

なのに指が動かなかった。

つまらない意地なんて張らなければいいのに。志束だったら、こんなときでもきっと躊躇《ちゅうちょ》せずにボタンを押せるのだろう。いや、そもそも最初から誘いを断ったりはしなかったはずだ。当て擦るように合コンになど行かずに。

志束は可愛いから。

双子なのに、自分は可愛くないから。

拓未は携帯電話をしまい、最寄《もよ》り駅で下りて道を急いだ。ぽつんぽつんと雨が降り始めていた。まだ濡れるほどではないが、じきに強くなってきそうな感じがした。

（天気予想、大外れ）

降るなんて聞いていない。今日の予報には出ていたのかもしれないが、少なくとも昨日の段階では快晴だと言っていたはずだった。

少しずつ雨足が強くなってくる。マンションが見えてきて、運ぶ足が自然と速くなった。

マンション手前のパーキングに差しかかったとき、拓未は視界に飛びこんできた光景に、はっと息を呑んで立ち止まった。

（浩二郎……？）

後ろ姿だが、見間違えるはずはなかった。パーキングの中ほどに浩二郎がいる。

会いに来てくれたんだろうか。

足を踏みだしながら声をかけようとした拓未は、浩二郎が何かを抱えているような不自然な格好であることに気づいて眉をひそめた。

浩二郎が何か言っているが、声が小さくて聞こえない。

ほかに誰かいる。そう思ったら、突然状況が呑みこめた。何かを抱えているのではなく、誰かを抱きしめているのだ。

助手席がわのドアは開いたままで、そこから浩二郎は抱きしめた相手をシートに座らせた。壊れものを扱うような、丁寧なしぐさだった。

拓未はとっさにしゃがみこみ、ミニバンの陰に隠れた。

心臓がばくばくいっている。一瞬だけ見えた、もう一人の姿。顔は見えなかったが、細い身体ははっきりと確認できた。

あれは志束だ。誰が見間違えても、自分だけは絶対に間違えない自信があった。

車のドアが閉められる音がし、続いて開閉の音がした。浩二郎が運転席に乗りこんだに違いなかった。

立ちあがったら、見つかってしまう。だがそんな理由がなくても、すぐに動きだすことはできなかっただろう。それに気になってこのまま立ち去ることもできない。見たくも知りたくもないと思う一方で、知らないのは怖いとも思った。

（なんで、志束と……）

状況が把握できない。志束が戻ってくるなんて聞いていないし、浩二郎とあんなことになっている理由もわからない。

強くなった雨に打たれながら、拓未は自らに冷静になれと言い聞かせる。この季節にしては冷たい雨が、混乱して熱くなった頭を冷やしてくれた。

聞こえてくるのは、雨が車のボディを叩く音だけだ。

早く立ち去ってくれればいいのに、なかなか車は動きだそうとしない。

そのまま時間だけがすぎ、拓未の髪からしずくが垂れるほどになったころ、車のドアが開閉し、浩二郎が精算しに出てきて、また車に戻っていった。

拓未は見つからないように、息をひそめて身を縮めていた。

ようやくエンジン音が聞こえ、ゆっくりと車が出ていった。

どこへ行くのだろうかと耳で追いかけていると、すぐにまたドアが開く音がした。陰からそっと見てみれば、マンションのエントランスの前に車は止まっていて、志束が下りたところだった。

そのまま車は走り去っていき、志束もマンションの中に消えた。

ほっと安堵の息がこぼれ、肩から力が抜けた。感知能力が逆じゃなくてよかったと、心の底から思った。もっとも気持ちや動揺は伝わっても、居場所までわかるものではないので、大きな問題ではなかったかもしれないが。

（そうだ、動揺……してなかったよな？）

浩二郎に抱きしめられていたとき、志束の心に揺れはなかったと思う。意識はちゃんとあったらしいので、志束はあの行為をマイナス感情も驚愕《きょうがく》もなく受け止めたということになる。

色っぽい意味ではないということだろうか。風見の恋人である志束が、従兄弟とはいえほかの男にそういう意味で抱きしめられて、平然としていられるとは思えない。ずれている部分はあるし、感情が表に出にくくわかりにくい志束だが、そういった感覚は極めて普通なのだ。

（確かめる……！）

よし、と小さく口に出し、拓未は立ちあがった。ここで座りこんで考えていても埒《らち》はあかない。ストレートに志束に尋ねてしまおう。

歩きだしてしまえば、エントランスまでは十数メートルの距離だ。拓未は髪や服からぽたぽたと水滴を垂らしながら部屋へと戻った。すでにエアコンを利かせてある建物内は、濡れた身体には寒いほどだった。

エレベーターではなく階段で上がりながら、このタイミングで帰ることに不自然さはないだろうかと考えた。

（大丈夫だよな。駅からだと、車とは全然コース違うし）

頷いて、自宅の玄関前に立つ。それから深呼吸して中に入った。

「ただいまー」

自然に言えたことにほっとしながら靴を脱いでいると、奥から志束が姿を現し、拓未を見て目を丸くした。

「ちょっと待ってて」

慌てて引っこんだ志束は、すぐにタオルを手に戻ってきた。そうして「おかえり」と言いながら、タオルを差しだした。

「ありがと。雨降るなんて知らなくてさ。志束は、なんか取りに戻ったのか？　明かりついてるから、びっくりしたよ」

髪を拭き、足下の水気をタオルに吸いこませて、拓未はスリッパを履いた。

「取りに来たわけじゃないんだ。昼すぎからちょっと熱っぽくて、風見にうつしたくないから帰ってきた」

「熱って、大丈夫なのか？　寒気とかは？」

「……少し」

言われてみれば顔色が悪い。風見が気をつけているので最近は健康的だったのに、今は青白くなっていた。

「早く寝ろって。あ、薬あったっけ」

「浩二郎さんが買ってくれたから。送ってもらったんだ。気分悪くなって、ちょっと迷惑かけちゃったけど……」

志束はごく自然に浩二郎の名前を口にした。そこには少しの感情の揺れも見えなかった。志束は感情が表面に出にくいから、嘘や隠しごとがわかりにくいのだが、昔から拓未はそれらをほとんど見破ってきた。だから今のは本当だと確信した。

「浩二郎……？」

「うん」

二人でリビングに行く途中、バスルームの前で拓未はちらりと視線を動かした。風呂に入って温まろうかとも思ったが、この話は中断したくなかった。

志束はソファに沈みこむようにして座り、小さく息を吐いた。

「電話かかってきて、会ったんだ」

その浩二郎に買ってもらったというテイクアウトのスープを、拓未は電子レンジに放りこんだ。温まるのを待つ間、拓未は志束に問いを投げかける。

「なんの用事だったんだよ？」

「帰省のこと。後、拓未を怒らせたから、様子がわかったら教えてくれって」

「……何言ってんだか……」

本当に何がしたいんだかよくわからない。しかしながら、志束の説明は拓未を安堵させてくれた。パーキングで見たあの場面は、志束が気分を悪くした瞬間だったのだろう。

温まったスープを志束に飲ませている間に、拓未はようやく濡れた服を着替えた。乾いた服を身に着けたというだけで、ずいぶんと心地よくなった。

リビングに戻ると、志束はゆっくりとながら食事を終えていた。薬を服用させながら、拓未はふと思ったことを口にした。

「でも、よく風見が帰ること許したな。あいつだったら、看病するって言いはりそうな気がしたんだけど」

「風見は知らないよ。ちょうど浩二郎さんから電話が来たから、それを理由にして帰ってきたんだ」

「なるほど……」

拓未は浅く顎を引きながら、二人分の牛乳を温めてハチミツを落とした。湯気の立つカップを志束に手渡すと、待っていたように彼は言った。

「浩二郎さん、トラブルがあって急いで帰っていったんだ」

「ふーん、そうなんだ。トラブルって、どんな？」

「よく知らないけど、顧問先の社長が酔っぱらってケンカして、警察に捕まったんだって。所長さんから電話があって、引きとりに行ったみたいだ」

「どんな社長だよ……」

呟きながらも、拓未は顔に笑みを浮かべた。まるで胸の中で溜まっていたものが蒸発していくみたいに感じる。

尋ねる前に、事情がわかってよかった。嫉妬と不安に凝《こ》り固まった姿など見られたくはない。特に、志束には。

兄として、弟の前では見苦しくないようにしたかった。

「それ飲んだら寝ろよ」

「拓未は風呂入るか、髪乾かしたほうがいい」

「そうする」

拓未はホットミルクを飲み干すと、カップを洗った足でバスルームへ向かった。

熱いシャワーを浴び、思っていたよりも冷えていた身体を温めて出ると、すでにリビングに志束の姿はなかった。

（ひどくならなきゃいいけど……）

昔から志束は風邪をひくと、拓未より症状がひどいことが多く、長引く傾向があった。そして拓未たちは、何度も同時に体調を崩してきた。

だから実のところ、拓未も警戒しなくてはいけないのだ。志束もわかっているから、気遣うようなことを言ったのだった。

寝るにはかなり早い時間だが、もうベッドに入ったほうがよさそうだ。温まったはずなのに、少し寒気を感じる。

ベッドに潜りこんで、携帯電話を見つめた。

浩二郎にメールを打とうか、それとも知らないふりをしたほうがいいのか。

どうしようかと迷っているうちに、自然とシーツに手が落ちて、吸いこまれるようにして意識が沈みこんでいってしまった。


朝になって目が覚めたとき、最初に思ったのは、まずいなということだった。

明らかに普段と感じが違っていた。それほどひどくはないだろうが、熱があることは間違いない。

夜中にも何度か目は覚めたが、夢うつつという感じで、それほど深くは考えられなかったのだ。

温かくして眠ったつもりだったのに、効果はなかったらしい。やはり濡れたままでいたことがまずかったようだ。

「そうだ……志束」

拓未はのろのろと起きあがり、志束の部屋を訪ねた。軽くノックすると、中から少しつらそうな声が聞こえてくる。

驚いた。返事があるとは思ってなかった。

「おはよう」

顔を出すと、志束はこちらを見て小さく頷いた。

「拓未……は？」

「んー、そんなひどくはねーけど……志束はやっぱ熱高いな」

額に手を当てると、常より体温が高いはずの拓未より、さらに志束は熱かった。呼吸も落ち着かないし、声にはいつにもまして力がない。

だが、どうやらちゃんと起きているようだ。普段の志束は寝起きが著《いちじる》しく悪く、目を開けたとしてもまともに頭がまわり始めるまでに時間がかかる。彼をよく知らない人には判断がつきにくいときもあるようだが、拓未には今の志束が「起きている」ことがわかった。

ただし熱のせいで、とろんとした目にはなっているが。

「志束は熱があるときのほうが、寝起きがいいんだよな」

熱で潤む目を見つめて、自分もこんなふうに潤んでいるのかなと、ぼんやりと考えてしまう。

やはりどうも思考力が鈍っているらしい。意味もなく長く志束の傍らにいたことに気づいたのは、それから少し経ってからだった。

「えーと、お粥《かゆ》か何か作ってくる。志束は寝てなきゃだめだぞ」

「拓未」

立ちあがろうとしたら、志束に手をつかまれた。見つめてくる目はひどく物言いたげで、必死さがこめられていた。

「志束？」

「浩二郎さん、呼ぼうか」

「え？」

「拓未だって具合悪いんだろ？」

掠れた声は普段よりもずっと弱々しいのに、どこか逆らいがたい強さを感じた。それでも拓未は笑みを作ってかぶりを振った。

「仕事あるし、どうせ来るったって夕方だよ。俺はたいしたことねーから大丈夫」

「でも……」

「二人暮らしなんだし、元気なほうが動くのは当たり前じゃん」

安心させるように笑って、拓未はキッチンに入った。土鍋《どなべ》なんてないので、小鍋で米を煮ながら、思わず溜め息をついた。

冷蔵庫にろくなものがない。二人とも家を空けていたので当然だが、牛乳も卵もないし、野菜の類《たぐい》もない。一度外へ出る必要があるなと思った。

（ポカリっぽいのも、あったほうがいいよな。薬はあるからいいとして……）

正直なところ外へ出るのは億劫《おっくう》だった。おまけに昨日からの雨はまだ続いているらしく、この季節にしては寒そうだ。

もう少し様子を見て、昼すぎにでも行こうか。

そんなことを考えていると、ふらりと志束が部屋から出てきた。タオルケットを引きずっていて、ころんとソファで横になってしまった。

「ちょっ……何してんだよ」

「寝る」

「や、寝るならそこじゃなくてベッドにしろって。できたら持ってくからさ」

「平気。ここで待つから」

志束なりに気を遣っているのだろうか。まさか寂しくなったなんてことはないだろうから、きっとそうだ。

拓未は火を弱くしてキッチンから離れ、ソファのところまで来た。すでに志束は眠っているらしく、少し苦しそうな寝息が聞こえてきている。

その場で拓未はへたりこむようにして床に座った。

志束にはああ言ったが、けっして今の自分は元気ではないと思う。力が思うように入らないし、長時間立っているのもきつい。食欲だってまったくない。

浩二郎に電話をすれば、買いものくらいしてくれるだろう。何かあったら頼りなさいと伯父たちからも言われているし、浩二郎もそう言ってくれている。逆に二人で寝こんでいることを後から知ったら、彼らは遠慮するなと窘《たしな》めてくるに違いない。

「電話しちゃおうかな……」

拓未は固定電話を見つめて、ぼそりと呟いた。

浩二郎は身内だ。志束が風見に遠慮したのは無理もないことだが、保護者代理にならば遠慮しなくてもいいのではないか。

電話をして、事情を話して、買いものを頼んで。それから、昨日の態度を謝って。

(そうしよう……)

うとうとしながら、拓未はかすかな雨の音を聞いていた。


合鍵《あいかぎ》で入った部屋は、しんと静まり返っていた。

浩二郎は靴を見て、どうやら二人ともいるらしいと頷く。あの兄弟は、履く予定のない靴を出しっぱなしにする習慣はないのだ。

だがそれにしては静かだった。やはり寝こんでいるのか。

昨晩、具合が悪いという志束をエントランス前で送ったが、今までの例からすると、今日は間違いなく高熱を出しているはずだ。そして片方が熱を出したら、必ずといっていいほどもう片方も熱を出す。これは彼らが幼児のころからの決まりごとのようなものだった。

昨晩、浩二郎は二度ほどこの家に電話をし、拓未の携帯電話にもかけてみたのだが、繋がらなかった。少し遅めの時間だったので眠っているのだろうと思ったし、今日になったら直接訪ねるつもりだったので、それっきりにしておいたのだった。

「拓未」

最初に拓未の部屋を覗いてみたが、姿はなかった。次に志束の部屋を見たが、こちらもベッドは空だった。

訝りながらリビングに入ったら、ソファのところに二人の姿があった。一人は横たわり、もう一人は床に座ってソファに突っ伏すようにして、ぴくりとも動かない。

この状態では、どちらがどちらだかわからなかった。表情で区別がつかないときの二人は、それほどそっくりだった。

「拓未！　志束！」

慌てて駆け寄ると、床に座って眠っていたほう――拓未が、ぼんやりと目を開けた。だが反応はひどく鈍かった。

「……あれ……？」

「あれじゃない。なんでこんなところにいるんだ」

肩から力が抜けた。どうやら、二人ともただ眠っていただけらしい。

拓未の額に触れると、やはり熱があった。もちろん横になって眠っている志束は言わずもがなだろうが、こちらは名を呼ばれても、近くで話し声がしても、まったく目を覚ます気配がない。健康なときよりも寝起きはいいと聞いているが、あくまで志束にしては……ということなのだろう。

拓未はだるそうに起きて、志束を見て困ったような顔をした。

「あー……俺も寝ちゃったんだ……」

「仲よく熱を出すのはともかく、療養くらいは別々にベッドでしろ。ほら、部屋に戻れ。俺は志束を運んでおくから」

「ああ……うん」

ぼんやりしながら立ちあがるのが危なっかしくて、浩二郎はまず拓未を部屋に戻すことにした。肩を抱くようにして支えながら歩き、部屋まで送り届ける。普段だったら突っぱねるところだろうが、熱のせいで思考力が落ちているのか、病気で気弱になっているのか、物珍しいほどに拓未はおとなしかった。

それから志束をベッドに運び、買ってきたスポーツドリンクのペットボトルを枕元《まくらもと》に置いた。冷えていないものを買ってきたので、水滴がつくこともないだろう。

ほかの食材を冷蔵庫に収めようとすると、小鍋に粥らしきものが入っているのを見つけた。ただしどう見ても失敗作だ。ガスレンジのランプが点滅してることから考えて、作っている途中で眠ってしまったかして、焦《こ》げる前に自動で消えた……というところだろう。

「まったく危なっかしい……」

ふらふらになりながらキッチンに立つ前に、電話してくれればよかったのに。

またつまらない意地でも張っていたのかと思うと、もどかしくて仕方なかった。突っぱったり反抗したりする拓未は可愛いが、病気のときくらいは甘えてくれてもいいだろう。ましてさらに症状の重いだろう志束を抱えているのだ。

「休んで正解だったな」

昨日、志束が体調を崩したと知った段階で、こうなるだろうとは思っていた。だから浩二郎は、もともと午後から出勤することになっていたところを、調整して一日休みにしてもらったのだ。その代わりに朝一で事務所に顔を出し、電話での確認とメールでの連絡をすませ、報告書の作成を持ち帰ることになった。人と会う約束が入っていなかったのが幸いだった。

ペットボトルを手に拓未の部屋へ行くと、問うような目で拓未が浩二郎を見つめてきた。

「仕事は……？」

「休みを取った」

「けど、スーツ着てるじゃん」

「事務所に顔を出したからな。どうせダブルで寝こむだろうと思って、お兄さん頑ばったよ」

「……悪かったな」

ぷいっと横を向く拓未だが、声に勢いはない。浩二郎がペットボトルのキャップを外すと、その音に反応して拓未は視線を戻した。

喉《のど》が渇《かわ》いて、無意識にそうしたのだろう。

「ほら」

起きあがるのを手伝ってやり、ペットボトルを渡すと、受けとった拓未は口を湿らすように少しだけ飲んで、ほっと息を吐きだした。

それから何回かに分けて飲んだ後、拓未は黙りこんだ。手にしたペットボトルを、まるで手持ちぶさただとでもいうように弄り、伏せた目を何度も動かす。

はっきりしている拓未にしては、珍しい態度だった。

「何かしてほしいことでもあるのか？」

浩二郎はベッドの端に座り、拓未の反発を煽《あお》らないようにしながら尋ねた。

「別に。それより志束は？」

「寝てるんじゃないか。少し苦しそうだったけどな。なんであんな状態になってたんだ？」

「志束がソファで寝始めて、それで俺も粥作ってる途中……あっ！」

拓未は大きく目を瞠り、慌ててベッドから下りようとしたが、浩二郎は肩を押さえることで制した。行動の理由はわかっていた。

「火なら消えてたぞ。お利口なレンジでよかったな」

「そ、そっか……」

安堵の息を漏らしたものの、拓未は気遣わしげな視線を志束の部屋のほうへと向けた。気になって仕方ないのだろう。この分では、おとなしく療養なんてしていないかもしれない。

少し考えて、浩二郎は枕元の携帯電話に目をやった。

「風見くんの番号は知ってるんだったな？」

「え？　ああ、うん」

「メールでいいから、志束が寝こんでるって教えてやれ」

「そうだよな。休まなきゃいけないんだし、内緒ってわけにもいかないよな」

拓未はベッドに横になり、携帯電話に手を伸ばした。そこで初めて着信履歴に気づいたらしく、少し表情を変えたが、何を言うわけでもなかった。

操作する手元を見つめる拓未の目は、高熱のために潤んでいて、それが妙に色っぽく見える。

やがて打ち終わると、拓未は手をぱたりとシーツの上に落とした。

送信を終えて一分も経たないうちに、着信があった。

「早……、しかも電話だし」

それ自体は少しも意外ではなかったらしく、笑いながら拓未はボタンを押した。そこをすかさず、奪いとった。

「ちょっ……」

「風見くん?」

『……あんたですか』

さすがに少し驚いたようだが、風見の声は驚愕よりも探るような響きが強かった。拓未が出るはずの電話に浩二郎が出たのだから当然だろう。

「悪いんだが、こっちに来て志束を看《み》てくれないか?」

『あ……あ、はい。それはかまいませんが』

拍子抜けといった様子だが、返事は浩二郎の予想通りだ。呼ばなかったとしても、彼は様子を見に来ただろう。

拓未は目を丸くして、問うような目を浩二郎に向けている。あんたは何を考えているんだ……と顔に書いてあった。

「実は拓未も熱を出していてね。この子は俺がつれて帰るから、志束は君に任せた。で、何時ごろに来られる?」

『今から行きます』

話を終えて電話を返すと、拓未は大げさなくらいの溜め息をついた。

「勝手に決めんなよ」

「志束をあっちにつれていくのは、おまえをつれて帰るより大変なんだよ」

「それ以前の問題。風見を呼ぶことなかっただろ。大学サボって来る勢いだったじゃん」

「俺がサボれと言ったわけじゃない」

浩二郎としては、大学帰りに来てもらえればいいと考えていたのだ。今からと言いだしたのは予外だった。そこまで深刻な事態でもあるまいし、と思う一方で、自分もまた仕事を調整してここへ来ているのだと思いだし、笑いそうになった。

心配性はお互い様だ。

拓未はまだ何かぶつぶつ言っていたが、やがて諦めたのか疲れたのか、最初からたいした意味はなかったのか、ぴたりと口を閉ざした。

そろそろ準備をしようか。浩二郎は立ちあがりながら、拓未に尋ねた。

「パジャマはどこだ？」

「は？」

「着替えを持っていかないとな。汗かくだろうから、足りなくなると困るだろ。風見が来たら行くから、おまえも外出られるような格好しとけ」

「あーうん」

面倒くさいと言いながら、拓未は起きあがった。クローゼットの中からパジャマを一組出して置くと、長袖のＴシャツとハーフパンツをパジャマ代わりだが外にも出られると言って着て、再びベッドで横になってしまった。

浩二郎は適当な袋を探してくると、パジャマと携帯電話の充電器を入れ、ベッドの傍らに置いた。とりあえず持っていくものはこれで十分だ。

座った浩二郎に、拓未は目だけを向けてきた。

「そういえば、酔っぱらい社長はどうなったんだよ」

「とっくに釈放されてるよ。酔いが醒《さ》めたら、平身低頭でね。普段はおとなしい人なんだが、昨日は飲みすぎたみたいだな。大トラってやつだ」

「ケガさせたんじゃなかったっけ？」

「相手も酔っぱらいだったからな。大騒ぎしたわりに、たいしたことはなかったらしい。向こうは向こうで我に返って、警察沙汰なんてとんでもないっていう態度だそうだ」

「ふーん」

可哀相《かわいそう》なほど小さくなっていた社長の姿を思いだし、浩二郎は苦笑した。それと同時に、昨晩するつもりだった話も思いだした。

「ところで、ご機嫌は直ったのか？」

「直ってなかったら、どーすんだよ」

「そりゃもう全身全霊を傾けてご機嫌をとるさ」

「あんたのそういう言い方が、どーしよーもなく嘘っぽいんだってば」

拓未はほんの少しだけ口を尖らせて、普段よりも子供っぽい顔を見せた。不満そうではあるが、すねているというほどではなかった。

それから拓未は何かを言いかけて、すぐに口を噤《つぐ》んだ。

「うん？」

「別に。なんでもねーよ」

「やめられると気になるじゃないか」

「じゃ、ずっと考えてれば」

可愛いんだか可愛くないんだか、よくわからないことを言って、拓未はそっぽを向いた。

さてどうしたものか。相手が健康な状態だったらとるべき手段は決まっているが、病気の今はさすがに避けるしかない。

だったら残る有効な手段は一つだ。

「拓……」

呼びかけた声は、インターホンの音に遮られた。

「うわ、もう来た。あいつ絶対走ったよ」

拓未は楽しそうにくすくすと笑った。

風見という青年は、いつも仏頂面《ぶっちょうづら》で、おおよそ滅多《めった》に笑顔を見せないそうだ。そんな顔をしたまま、志束に対して過保護だったり甘かったりするので、見ていてとても面白いのだという。

「俺が出るよ」

浩二郎はエントランスを開け、おそらく階段を駆けあがってくるだろう風見を迎えるために玄関まで出ていった。

ロックを外してドアを開けると、息を切らせた風見がこちらに向かってくるところだった。その様子からも、時間的なことからも、走ってきたのは間違いないだろう。手にはレジ袋を持っていた。

「ご苦労さん。サボらせて悪かったな」

「あんたが謝ることじゃないですよ。っていうか、あんたこそ仕事どうしたんですか」

「有給」

端的に答えて、浩二郎はさっさと風見に背を向けた。風見は志束の部屋を知っているわけだし、容態は実際に見せるのが一番だ。そもそも浩二郎は説明できるほど知っているわけでもない。

浩二郎は拓未の部屋に戻ると、床に置いた紙袋を持ち上げた。

「行くぞ」

「んー」

拓未は緩慢《かんまん》な動作で起きあがり、ぶるっと身を震わせた。さすがに今の拓未には薄着に思えて、浩二郎はスーツの上着を細い肩にかけてやった。

かぁっと耳まで赤くなりながら、拓未はちらっと上着を見る。

「自分の出すからいいよ」

「面倒くさい」

浩二郎が肩を抱き寄せて歩き始めると、案外素直に拓未は従った。まだ顔は赤く、文句を言う気配もない。

セックスまでしている仲だというのに、拓未はいまだにこういう行為に慣れないらしい。上着をかけてやったくらいで赤くなるのが不思議でもあり、とても拓未らしいとも思った。

志束の部屋をノックすると、風見が内からドアを開けた。志束はまだ眠っているようだ。

「じゃ、拓未はつれていくから、志束を頼む」

「はい。あ、これよかったら。なんかビタミンCが多いらしいんで」

差しだされたレジ袋には、ゴールドキウイが三つばかり入っている。志束の分は抜いたというので、遠慮なくもらうことにした。

拓未は志束の様子を遠目に見てから、風見を見あげた。

「よろしくな」

「ああ。おまえも、お大事にな」

二人は視線をあわせて、ごく当たり前の言葉を交わす。彼らは友人同士というよりも、身内意識に似たものを抱きあっているらしいが、そこに艶《つや》っぽい感情などはまったくない。たとえばそっくりの顔をしていても、浩二郎が志束に欲情することがないように、風見も拓未にはそういったものを抱かないのだろう。

わかっている。わかっているが、面白くないというのが偽《いつわ》らざる本音だった。

「ほら、行くぞ」

自分でも大人げないなと思いながら、じゃますするつもりで拓未の肩を抱き寄せる。気を抜いていた拓未は倒れるように腕の中に飛びこんできて、咎《とが》める意味あいの目で見あげてきたが、無視して外へつれだした。

スニーカーを履くときに拓未は少し顔をしかめたが、特に何も言わなかったので、そのままパーキングへと向かった。

空はどんよりと曇っているが、とりあえず雨はやんでいた。

「そういや昨日は、傘持ってなかったろ。どうしたんだ？」

「濡れて帰ったから、風邪ひいたんだよ」

吐き捨てるような言い方に、違和感を覚えた。ケンカ腰なのはいつものことだが、声の調子はどこか苦いものを含んでいた。

「なんで濡れて帰ったんだ。駅前で傘くらい買えただろう」

「途中で降ってきたんだから仕方ねーじゃん」

確か昨日は、ちょうどパーキングに入る寸前くらいに雨が降り始めた。そうしてみるみる雨足が強くなり、志束がふらついたこともあって車中でしばらくやりすごしていたのだ。弱まったらマンションに入ろうとして。

ならば拓未は、あのときすでにこの近くにまで来ていたということになる。

「そんなに早かったのか？」

何げなく尋ねると、拓未はあからさまに動揺を見せた。パーキング内に入り、照明が乏しいことで油断していたのかもしれないが、あいにくと浩二郎からは拓未の顔がよく見えた。

「……つまんなかったから、途中で帰ってきたんだよ」

「じゃ、俺が帰ってすぐだったのか」

「そうらしいね」

「へぇ」

追及は後でまとめてすればいいだろう。拓未を助手席に促し、浩二郎は精算をすませてから車を出した。

抜け道は知っているから、そう時間はかからないはずだ。

拓未はドアにもたれて、ぼんやりと外を眺めていた。思っていたよりは元気そうだが、普段の彼とは比べるべくもない。

「眠ってもいいぞ」

「平気。それより、腹減ったかも……」

「食欲があるなら大丈夫だな。インスタントのコーンスープかなんかあったはずだから、とりあえず帰ったらそれ飲んで待ってろ。すぐ何か作ってやるよ。ああ……鍋がそのままだったな……」

浩二郎は最後のほうを口の中で小さく呟き、心の中で「まぁいいか」と続けた。そのうち風見が気づいてなんとかするだろう。

やたらと話しかけて疲れさせてもよくないと思い、それきり浩二郎は口を噤んだ。途中、何度も拓未の視線を感じたが、あえて気づかないふりを決めこんだ。何かと問えば、なんでもないと返してくるのは目に見えていた。

部屋に着くまでの間、拓未はおとなしく浩二郎の横を歩いていた。

拓未はこちらが何も言わなければ、それほど突っかかってはこないのだ。あるいは風邪で弱っているせいだろうか。

玄関でスニーカーを脱ぎ散らかし、拓未はまっすぐリビングに向かう。

「行儀が悪いぞ、拓未」

スニーカーを拾って揃《そろ》えようとして、浩二郎はふと眉をひそめた。

湿っている。濡れているというほどの水分量ではないが、これは履いていて気持ちが悪かったことだろう。

「そんなに濡れるほどの距離か……？」

拓未は途中で雨が降ったと言った。そう、あのときから変だと思ってはいたのだ。時間的に考えて、それならば浩二郎たちがまだパーキングにいる間に、拓未は帰宅できたはずだ。雨足が弱まるまでどこかで雨やどりしていたというならば、今度は逆に翌日まで残るほど濡れるはずもない。

「やっぱりメシ食わせたら追及だな」

独り言《ひとりごと》ち、浩二郎はキッチンに入ると、まずコーンスープを入れて拓未に渡した。

拓未はのろのろと起きあがり、黙ってスープを飲み始める。伏せられた長いまつげを眺めているうちに、ふと上着が皺だらけになっていることに気がついた。遠慮なく寝転がってくれたのだから当然の結果だ。拓未は普段、そのあたりに気を遣う人間なので、今はそれだけ意識が散漫になっているということだ。

「ミスマッチもいいところだ」

「え？」

「その格好」

あらためて見ると、思わず笑みがこぼれてしまう。前面にプリントがある長袖Ｔシャツに、ひもで縛るタイプのハーフパンツ、そこにスーツの上着だ。

拓未は一度視線を落としてから、ムッと口を尖らせた。

「あんたが着せ……あっ」

大きく目を瞠り、拓未は慌ててカップを置くと、上着を脱いで布地の皺を見つめた。

「別にいいよ。近いうちにクリーニングに出すつもりだったんだ」

「ご……ごめん」

「まだ着てろ」

薄い肩に再び上着をかけて、浩二郎はキッチンに戻った。

とりあえず冷蔵庫に入っている冷や飯を使い、一人用の土鍋でミルク粥を作る。具は適当なものがなかったのでみじん切りのタマネギだけにした。色合いが寂しいが、仕方ない。

スプーンを添えて出すと、拓未は少し嬉しそうな顔をした。

「ミルク粥だ。懐かしい……」

「そうだな」

かつて叔母が――拓未たちの母親が生きていたころ、彼女は風邪をひいたときなどに必ずこれを作っていたという。それを知っているからこそ、あえて作ってみたのだ。

拓未は冷ました粥を口に運び、満足そうな顔をした。

その隣に座り、浩二郎は目を細める。

「美味いだろ」

「まぁまぁかな。母さんの次くらい。志束も……食べたかったかもな」

ぴたりと手を止め、拓未はしんみりとした口調になった。

「志束には風見くんがついてるだろ？」

「そうだけどさ。風見がミルク粥作ることはねーと思うし、志束自分から言うやつじゃねーし。後でメールしとこうかな……あれ、これってどうすんだっけ？　コンソメと牛乳だっけ？」

「おまえは自分のことだけ考えて寝てろ。これじゃなんのために志束と離したんだか……」

「……あんたは、それでいいのか？」

問いかけの意味がわからなくて、浩二郎は眉をひそめた。

「何が？」

「だから、志束を残してきちゃってよかったのか、ってこと」

「いいも悪いも、志束のことは風見に任せるって決めたからな。俺が二人を看て、対応に差ができてもまずいし」

「俺は平気だよ。そんなの今さらじゃん」

拓未はせっせとミルク粥を口に運び始めた。食べたくてそうしているというよりは、何かをごまかすためにそうしているといった感じだ。

だが拓未の感情が揺れているのは確かだった。彼は当たり前のように、差をつけられて重きを置かれないのは自分のほうだと考えているのだ。

浩二郎は溜め息をついた。

「バカ、逆だ」

「は？」

口にミルク粥を入れたまま、拓未はきょとんとした。

「志束に申し訳ないって話に決まってるだろ」

「え、だけどさ……」

「いい加減に理解しろ。どっちも可愛いし大事だけどな、恋愛感情がある分、どうしてもおまえのほうが気になるんだよ」

浩二郎にしてみれば当然のことを言っているのに、拓未は戸惑いの表情を浮かべるばかりだった。少しは嬉しそうにすればいいのに。

拓未はスプーンを置いて、眉間に皺を寄せている。完全に食事は中断だが、八割方食べた後だから問題はないだろう。

やがて拓未はぽつりと、聞いたことがないほど小さな声で言った。

「あの、さ……一つだけ、訊いてもいいか?」

「何?」

「さっき……あんたがうちのリビングに入ってきたとき……俺、名前呼ばれたような気がしたんだけど。呼んだ?」

予想もしていなかった質問に、浩二郎は面食らった。ひどく言いにくそうにしていたから何かと思えば、どうでもいいことではないか。

思わず怪訝そうに見つめていると、拓未は居心地が悪そうに、とっくに中身の入っていないカップを指先で弄《もてあそ》んでいた。

「確かに呼んだよ。無意識だったけどな。二人で倒れてるのかと思って焦ったんだ。それがどうかしたのか？」

「別に……ちょっと確かめたかっただけ」

拓未は一向に顔を上げないから表情はよく見えないが、耳が少し赤くなっていた。

「変なやつだな。さっきから何か言いたそうにしてたのは、それか？」

「うん、まぁ」

質問の意図も、拓未のこの反応も、浩二郎にはよくわからない。赤くなるような要素が、今のやりとりの中にあっただろうか。

本音を引きだすためには、強く出てはだめだ。拓未は強い言葉には同じだけの強さで応じる。逆にやんわりと弱気を見せるくらいで尋ねていけば、頑なにはなれないのだ。

「俺が何かまずいことをしたなら言ってくれ。でないと、わからない」

「そうじゃないよ。別に……その、悪いことじゃねーし……」

「うん？」

先を促すと、拓未はちらっと一瞬だけ浩二郎を見て、慌ててまた視線を逸らした。顔は耳と同じくらいに赤かった。

根気よく、見つめるだけで待っていると、やがて観念したように拓未は口を開いた。

「絶対、笑うよ」

「笑わないから言ってみろ」

真顔で迫ると、信用したのか観念したのか、拓未は決意したような、それでいてひどく照れくさそうな表情で言った。

「……さ、先に……俺のこと呼んでたじゃん……」

これもまた思ってもみなかったことで、浩二郎は目を瞠った。

ただ先に名を呼んだだけのことだ。意識したわけではなく、とっさに拓未の名前が先に出た。浩二郎にとっては自然なことであり、大きな意味も感じていなかった。

なのに拓未にとっては違ったのだ。

そんな些細なことにすら喜びを感じるくらい、拓未は不安を抱えていたということだ。

なんだか自分が、ひどく至らない恋人に思えてきた。いや、最初から問題ありだと自覚していたのだが、少なくとも拓未の気持ちは完璧に把握《はあく》できているものだと思いこんでいた。わかっている上で、転がしているのだと。

ずいぶんな思いあがりだ。

「悪かった」

「浩……」

腕に抱きこんで、耳元で囁くと、拓未がわずかに緊張したのがわかった。だがすぐに力を抜いて、身を任せてきた。

「わかってるつもりでいたよ」

「何が……？」

「おまえのこと。そこまで志束を気にしてるとは思ってなかった」

拓未は腕の中でおとなしくしている。背中を撫でてやると、やがて顔を伏せたままの、くぐもった声が聞こえてきた。

「所長さんの娘のこととかさ……そういうのは、むかつくけど、別にいいんだ。でも……志束だと、すげー不安になる」

「ああ」

「あんたは……本当は志束みたいなのがいいのかと思ってたし……」

「……まだそんなこと言ってるのか」

溜め息まじりの声は、無意識のうちに絞りだすように低くなってしまった。すると拓未はびくりと肩を震わせた。

怒っていると思ったのだろうが、そうじゃない。言わせてしまった自分に呆れただけだ。

宥めるようにして軽く背中を叩き、強《こわ》ばりを解いてやる。

「俺が志束を好きだったら、バイトには志束を呼んでたよ」

「大事すぎて、手が出せないってのもありかな……って思ってた。だから同じ顔の俺で妥協《だきょう》したのかもって。別にあんたの気持ちとか疑ってるわけじゃなくてさ、きっかけっていうか……」

「俺がそんなタマか。ほしいものは諦めないって言ったろ。それに、身代わりで大事な従兄弟を恋人にするほど人でなしじゃないぞ」

「う、うん……ごめん。そう……だよな」

今までだらりと下げられていた腕が、ようやく浩二郎の背中にまわった。強い力ではなかったが十分だった。

生意気な態度も、こういう控えめなしぐさも、同じくらいに可愛くて、愛《いと》おしい。

すぐに彼の不安がすべて消えてなくなるわけではないだろうが、少しずつでも確実に、棘《とげ》となるものは取り除いてやりたかった。

「俺も一つ訊いていいか？」

「うん」

「昨夜、なんで風邪ひくほど濡れたんだ？」

「あ……えーと……」

身体に直接伝わってくるほどの動揺はなかった。だが拓未は口ごもり、さんざん言いあぐねた末に、観念した様子で溜め息をついた。

そうして一気に言った。

「パーキングで、あんたが志束のこと抱きしめてるの見ちゃって、そんで動転しちゃってさ。車の陰で、しばらくしゃがんでた。事情は聞いたから、もういいけど」

「そうか……」

驚きはなかった。何かあるだろうとは考えていたし、時間的な不自然さを感じていたのだから、むしろもっと早く気づくべきだったと後悔した。

「へこみそうだ……」

「なんで？」

唸《うな》るような浩二郎の呟きに、拓未は不思議そうな様子を見せた。

「自分の至らなさを実感したよ。だめな恋人だな」

「今さら何言ってんだよ。俺はとっくに知ってたよ」

ようやく拓未もいつもの調子が戻ってきた。笑いながらの言葉は冗談めかしているが、ほとんど本心かもしれない。

つられるように浩二郎も笑った。

「努力するよ」

「ちょっとでいいよ。今のままでも俺は好きだからさ」

拓未がさらっと口にした告白に、浩二郎は少し驚き、それからひそかに笑みをこぼした。

さんざん言わないといってごねていたくせに、こんなふうに不意打ちをするとは、やってくれる。

可愛くて、たまらなくなる。

「やばい、ヒートしそうだ」

「なっ……あ、あんた、人がせっかく言ってやったのに、いきなりそれかよ……！」

「言ってくれたからだろ。なんでこんなときに熱なんか出してるんだよ。あ……もしかして、熱のせいなのか？」

「バカ……！」

顔を上げて罵《ののし》りの言葉を口にして、拓未は腕の中でじたばたし始めた。だが本気じゃないのか、たんに力が入らないのか、浩二郎がたやすく押さえこめる程度の抵抗だった。

もがいている時間はそう長くもなく、拓未はまたすぐにおとなしくなった。

「俺のためにも早く治せよ。もう寝ろ」

ひょいと抱きあげると、拓未はこれ以上ないというくらいに大きく目を見開いた。驚いて、抵抗するのも忘れたらしい。

「ちょっ……」

「動くな。落とすぞ」

そのまま寝室まで運び、ベッドに下ろす。肩からかけていた上着はその拍子に身体から離れ、ベッドからも滑り落ちていった。

浩二郎は立ちあがろうとしたが、拓未は胸元を手でつかんでいて離れない。抱き上げていたときはこうじゃなかったのに、下ろした途端にしがみついてくるとはまったくあまのじゃくだ。

「どうした？」

「……別に、平気だし」

「ん？」

「お……俺も、ちょっとヒートした……かも」

うつむく拓未は耳まで真《ま》っ赤《か》だ。今まで一度も自分から誘ってきたことのない拓未には、これがせいいっぱいなのだ。

本当にまずい。相手は病人だという当たり前の配慮も、自制心も理性も、何もかもが吹き飛んでしまいそうだった。

「治ったらもう一回言え」

「無理」

「熱があるんだぞ」

「そんな高くねーもん。だから……しよ」

拙《つたな》い誘いに、ぐらぐらと気持ちが揺らぐ。一度は離れたはずの浩二郎の腕は、いつのまにか勝手に薄い背中へと戻り、拓未を抱きしめていた。

まともな大人としては、ここはやんわり諭《さと》して寝かせるのが当然の行動だ。理性はそう告げているし、拓未の身体を思いやる部分も、ゆっくり休ませなければと考えている。しかしながら、本能は抱きしめたこの身体をほしいと言って聞かなかった。

拓未が誘ってくれるなんて、二度とないかもしれないのだ。

「浩二郎……？」

「今、激しく葛藤中なんだよ」

「俺がいいって言ってんだろ」

拓未は抱きついたまま、浩二郎を引っぱるようにしてベッドに倒れこんだ。

浩二郎は拓未に重みがかからないように肘で自分の体重を支え、組み敷く形になった恋人の顔をまじまじと見つめた。

頬に触れると、やはり熱い。浩二郎の手が冷たくて気持ちがいいのか、撫でられた猫のように拓未は目を細めた。ゴロゴロと喉を鳴らす音さえ聞こえてきそうだ。

ここまでされたら、理性なんてあっけなく負ける。つくづく自分は大人げないと思いながら、せめて加減は忘れないようにしようと心に誓った。

「ギブアップの申告は早めにな」

「あ、でもその前にシャワー」

「後にしろ」

「でも汗かいてるし」

「別にいい。いつも途中から汗まみれだろうが」

わずかな抵抗を一蹴《いっしゅう》し、浩二郎はTシャツを捲りあげた。脱がすのは寒いかもしれないと思ったのだが、これからすることを考えたら微々たる配慮だ。

いつもより熱い肌を確かめながら、下着ごとハーフパンツを下げた。

腿の内側に指を這わせると、拓未は自らしどけなく脚を開いていく。もっと奥へと誘われているようで、逸る心を抑えられなくなる。

「冷たくて気持ちいい……」

拓未は陶然《とうぜん》と呟き、目を閉じた。

さほど冷たくもないはずの指だが、熱を帯びた肌には心地いいらしい。拓未の口元に指を持っていき、唇をノックするように撫でると、そこはすんなりと開いて指先を受け入れた。

指をしゃぶらせ、濡らしていく。同時に柔らかな舌先に、指での愛撫を与えた。

「ん……ふ、ぅ……」

鼻にかかった息を漏らし、拓未は夢中になって指をしゃぶった。長いまつげの先を震わせ、閉じられない口の端から唾液《だえき》をこぼして、舌を二本の指に絡めてくる。

浩二郎はもう一方の手で、器用に自らシャツを脱いだ。その間も、拓未の顔から目を離さなかった。ときおり目を開ける拓未は、浩二郎が見ていることに気づくと、そのたびに逃げるように瞳《ひとみ》を隠してしまう。

ずっと見ていたい気分だったが、それよりもこの指を別の場所に入れてやりたくて、ゆっくりと指を引き抜いていく。

とろんとした目が、指先を追う。

唇に軽くキスをしてから、浩二郎は胸に顔を埋《うず》めて乳首を口に含み、脚の間に指先を運んだ。

「あ、ん……」

窄《すぼ》まったそこを撫でてから、ゆっくりと一本だけ沈めていく。抵抗感はあったが、すんなりと拓未は指を受け入れた。

中は熱く、さんざん拓未の口の中にあった指は、そのとき以上の熱を感じた。

指を前後に動かしながら、舌先で乳首を転がす。刺激を与えれば、たちまち柔らかだったものが固く痼っていった。

「寒くないか？」

顔を上げて問うと、頷くだけの返事がある。浩二郎はそれを確かめると、再び胸に顔を埋め、尖った乳首に舌を絡めた。

「は……ぁ」

拓未はせつなげに熱の籠《こも》った息を吐きだす。強く吸いあげ、あるいは舌先で軽く突くと、浩二郎の下で細い身体が震えた。

前後に何度も突き、深く入れたままぐるりとまわして、浩二郎は拓未の後ろを溶かしていった。

そして口では交互に胸を攻め、拓未に声を上げさせる。乳首を軽く嚙むと、いやいやをするようにして小さく何度もかぶりを振った。

抱くたびに慣れていく身体は、最初のころよりも快感を拾いやすくなり、反応も目に見えてよくなっている。

浩二郎はキスを胸から下へとずらし、腰骨の近くまでくると軽く歯を当てた。

「やっ……」

最初はくすぐったがるだけだったこの場所も、今では身を捩るほどに感じるようになった。嚙んだところを舌で撫で、心地よい声を引きだしてから、さらにキスをずらしていく。

別の場所への刺激で反応し始めた場所に舌を滑らせ、先端を何度か吸った。

「あんっ……う、ん……」

びくびくと腰を震わせ、拓未は泣きそうな声を出すが、かまうことなく前と後ろを同時に愛撫してやる。

呼吸が乱れ、拓未の指先がシーツをかいた。男にしては細い指は、感じるたびに動いて、次々とシーツに皺を作りだしていった。

だが、いかせることなく、浩二郎は口を離した。

腿の内側に唇を落とし、一定のリズムで指を動かした。抜き差しを繰り返すと、拓未はたまらなく可愛い媚態《びたい》をさらしてくれる。

頑なだったそこはすでに解れ、二本の指を根本までたやすく受け入れた。

「ぁあ……っ、あ……」

ゆるゆると動かして、さらに舌を寄せていく。

故意にぴちゃりと舌を鳴らして舐めた瞬間に、きゅっとそこが窄まって指を締めつけてきた。シーツにも皺が多く刻まれている。

ここを舐めてやると、拓未は泣きそうになる。実際に泣いたこともあったし、喘ぎながらいやだとも言う。だが、本当にいやがっているわけじゃないことを浩二郎は知っていた。拒絶するつもりがあったら、拓未は容赦なく浩二郎を蹴《け》るだろう。

「ひっ、ぁ……ん、あん」

快楽に溶けそうになりながら泣く顔が見たくて、浩二郎は執拗《しつよう》に舌先でそこを愛撫してしまう。

指の間から舌を入れ、そっと中を舐めてやる。泣き声まじりの嬌声《きょうせい》が響くが、浩二郎を煽り立てることにしかならない。

だから執拗に、舌と指とでそこを愛してやった。

何度もそうやって出し入れをしてから、指で深く探っていく。弱い部分を弄れば、拓未は腰を捩り立てて悶《もだ》え、理性を少しずつ手放していった。

「いやっ……や……ぁ……」

快楽に歪《ゆが》む顔は官能的で、いつもの生意気さなんて欠片《かけら》も見えない。

「エロいな、拓未」

媚態で煽られ、声にも煽られ、欲望はふくれあがるばかりだ。早く拓未の中に入りたくてたまらなかった。

「も……いい……」

甘いよがり声の合間に拓未は懇願《こんがん》を口にする。求めているものが何かはわかりきっていたし、浩二郎も同じ気持ちだった。

指を引き抜いて、拓未の身体を腰が浮くほどに折った。ほっそりとした脚を抱え上げ、浩二郎自身を後ろに押し当てる。

身を固くしたのは一瞬だけで、すぐに拓未は息を吐いて力を逃がした。

浩二郎はゆっくりと身体を繋げていく。少しずつそこを開かせ、なるべく拓未が苦痛を感じないように気をつけた。

「ぁう……っ、あ……あ……！」

そして拓未も、どうすれば楽に受け入れられるのかをわかっていた。何度かこうして身体を繋いでいるうちに、自然と身体が覚えたらしい。

愛撫に溶け、とろとろになったそこは、心地いい抵抗を感じさせながらも、柔軟に浩二郎を呑み込んでいった。

熱くて、溶けてしまいそうだった。

最後まで入ると、拓未の顔の両側に手を突いて顔を見下ろした。

見つめられていると気づくと、拓未は慌てて両腕を交差させるようにして顔を隠した。浩二郎は両手首をつかみ、顔の両側で押さえつけた。

「やだ……っ、てば……」

「隠すなよ。全部見たいんだ」

官能に染まる顔も、欲望に濡れる目も、すべて浩二郎のものだ。隠すなんていうもったいないことは、させたくなかった。

ときを置かず、浩二郎は動き始める。だが自分本位に快楽を追ったりはしない。いつもそうだし、今日は特に慎重になってしまう。

押さえていた腕を放してやると、拓未はその両腕で浩二郎にしがみついてきた。

珍しく素直に甘えているのかもしれないし、顔を見られるよりはと思ったのかもしれない。どちらでもかまわなかった。

「あ、は……ぁ……っ」

緩やかに穿ち、拓未の快感を追い上げていく。

浅く突き上げながら身体ごと揺さぶって、拓未の中心を手で擦り上げてやった。

狭い内部は、甘ったるく自身に絡みついてくる。熱くて柔らかで、溶けるような快楽を浩二郎に与えてくれる。

拓未もまた快楽に身を浸し、夢中になってしがみついてきた。浩二郎の動きにあわせ、自分から腰も振っていた。

愛《いと》しくて仕方なかった。あまりにも可愛いから、昔から意地悪もいろいろしてしまったし、これからもきっとやめられないだろう。その結果が拓未に不信感と自信のなさを植えつけてしまったというならば、時間をかけて解していくのも浩二郎の役目だ。

「こう……じ、ろ……」

吐く息は熱く、そして甘い。

見つめられ、たまらなくなってキスで唇を塞《ふさ》いだ。

舌を絡め、何度も唇を重ね直しながら、汗ばんだ肌を撫でまわす。

さっきは口で弄っていた胸の粒を、今度は指先で愛撫した。指の腹で挟んでやわやわと揉み、先端に軽く爪を立てる。

しがみつく腕が、ぎゅっと強くなった。

「んっ、ふ……ん」

唾液がまじりあっても気にせず互いに貪り、やがて浩二郎はうっすらと名残惜しさを感じながらも唇を離した。

拓未の目は潤んで、今にも涙がこぼれそうだった。

「きつくないか？」

「うん……」

頷く拓未の背を抱きこみ、浩二郎は深く突きいれてから、腰を押しつけるようにしたまま中をかきまわした。

すると拓未は泣きそうな声で喘ぎ、浩二郎の背中に爪を立てた。

「あっ……ん……い、い……気持ち、いい……」

仰《の》け反《ぞ》ってさらされた喉に、噛みつきたい衝動が生まれる。拓未を抱くまで自分にあるとは知らなかった、獣《けもの》じみた本能だ。

感じやすい腰骨のあたりを指で強く撫でると、びくりと大きく跳《は》ね上がり、詰まったような甘い声を上げた。

締めつけられて、浩二郎も快楽を深くする。

そして気持ちよさそうに喘ぐ拓未の姿に、身体以外の部分でも満たされていくのを感じた。

「拓未……」

唇を耳に寄せ、触れた唇で可愛い恋人の名を呼ぶ。

「ぁ……ああ……っ」

声だけでも感じることがあるのかと思うほど、拓未は全身で快楽を示した。

浩二郎は拓未と共に終わりを迎えようと、穿つリズムを速めていく。気遣わねばと思っていたはずなのに、気がつけば欲望に支配されて内部をかきまわしていた。

深く突きあげ、拓未に甘い悲鳴を上げさせる。

「だ、め……いっ……ちゃ……」

「いいよ」

掠れた声を耳に吹きかける。すると拓未は腕の中で大きく震え、そのまま達してしまった。

「あぁぁっ……！」

拓未に促されるようにして、浩二郎もまた絶頂を迎える。きつく締められて、その中に断続的に精を吐きだした。

背中にしがみついていた細い腕が、ずるりとシーツの上に落ちた。拓未は荒い呼吸に胸を上下させ、意識を飛ばしたのか、しばらく動かなかった。

浩二郎は手を伸ばし、汗で張りついた前髪をかきあげてやり、露にした額にキスをした。

「おまえだけだ」

だから不安になることなんてない。そうそう今までの自分たちと変われるわけではないだろうが、もっと心を寄せあっていくことはできるだろう。

うっすらと開いた目と視線をあわせ、浩二郎はもう一度拓未を抱きしめた。

やはり風邪のときにセックスなんてするものじゃない。

眠って起きたそのときに、さらに具合が悪くなったのを自覚して、拓未は心の底から数時間前の己の行動にそう結論づけた。

ただし後悔はしていない。あのときは浩二郎がほしくてたまらなかったし、今でも身体を繋げてよかったと思っている。

「九度二分」

「……うえぇ……」

聞いたらさらに気分が悪くなってきた。実際よりも低く言ってくれればよかったのにと、拓未は体温計を持つ浩二郎を恨みがましい目で見た。

「医者に行くか？」

「いやだ」

強く言ったつもりだったのに、まったく力のない声になってしまった。

「わがまま言うな」

「違うっ。医者の前で裸になれねーって言ってんの……！」

「ああ……」

言われて初めて気づいたという態度の浩二郎だが、実際にその通りかどうかはわからない。承知の上で空とぼけている可能性はきわめて高かった。

「汗かいても下がらなかったな。まぁ、とにかく暖かくして寝てろ」

大きな手でさらりと髪を撫でられて、拓未は思わず目を閉じる。さすがにこんなときだからか、浩二郎はとても優しくて、触れられるのが気持ちがいい。

頬に触れるひんやりとした手も心地よかった。

身体はつらいのだが、気持ちはとても晴れやかだ。

「何かほしいものあるか？」

「んー……ないや」

あるにはあるが、ちょっと言いにくい。

熱でぼんやりとした頭で、どうしようかと考える。病気になっている今だからこそ、思いきって言ってしまえばいいのではないだろうか。それに意地を張ってばかりでも、いいことはない。

必死になって好かれようとすることはないし、無理して素直に振る舞うこともないと思う。言いたいことを言うのだって別にいい。ただほんの少し、根底にある自分の気持ちを見せるだけでいいんじゃないだろうか。

わかってみれば、どうすればいいかなんて、とてもシンプルなことだった。

「浩二郎の手……冷たくて気持ちいいから、このままがいい……」

ぽつんと言うと、浩二郎は微笑《ほほえ》んで、静かに返してくれた。

「わかった」

指先や手のひらだけじゃなく、甲まで使って冷やしてもらって、拓未はうっとりと目を閉じた。

このまま眠りに落ちてしまいそうだと思ったとき、遠くで浩二郎の声が聞こえて、急速に意識は現実に戻った。

「え……?」

「ああ、眠ってたのか。悪かった。後でいいんだ」

「今でいいよ。何?」

促すと、浩二郎は少し間を置いてから言った。

「夏休みになったら、旅行しようって言ったんだよ」

「へ……?」

「二人で、旅行だ。俺の夏期休暇をフルに使ってもいいし」

そういえば、志束が帰省の予定を聞かれたとかなんとか言っていなかったか。あれはこのためだったのかと、拓未は表情を和らげた。

「どうだ?」

「あ……う、うん。別に、いいよ」

相変わらずの言い方になってしまったが、含まれている本心は、わかってくれているはずだ。

本当は行きたくてたまらない。どこへ行こうか、何をしようかと、頭の中ではもう旅行のことでいっぱいになっている。

拓未は照れくさい気分で笑って、浩二郎を見上げた。

「まずは早く治さないとな」

「うん」

頷いて、拓未は頰に添えられていた浩二郎の手に、自分の手を重ねた。

目を閉じると、すぐにまた意識が沈んでいきそうになる。

浩二郎がひどく柔らかく笑ったことに、拓未は気づくこともなく、今度こそ眠りの中に落ちていってしまった。

あとがき

双子の片割れ、拓未の話でした。志束の話を知らなくても問題ないようになっている、と思いますが、未読の方はぜひそちらも読んでみてくださいね。

いや、双子って前からずっと書いてみたかったんですよ。よくシンクロ……というか、偶然いろいろ一致したりするらしいじゃないですか。同時に喋ったり、別々に買いものしたのに同じ物買ってしまったり、同じとこ痛くなったり、同じ夢みたり……等々、聞いたことがあります。そういう話を聞くのも大好きです。

そんなふうに私はとても楽しいのですが、絵で描くと大変なのでは……と思います。笹生コーイチ様、今回もありがとうございました。同じ顔で髪型も同じ、でも印象が違う、という二人を、素敵に描いてくださってありがとうございます！　浩二郎も、いじめっ子ながら格好良くしていただけて嬉しいです。

そしてこの本を手にとってくださった方、どうもありがとうございました。またお会いしましょう。

きたざわ尋子

初出
息もできないくらい――――――――― 2006年 小説リンクス12月号掲載
素直のきれはし―――――――――― 書き下ろし

この本を読んでの
ご意見・ご感想を
お寄せ下さい。

〒151-0051
東京都渋谷区千駄ヶ谷4-9-7
(株)幻冬舎コミックス　小説リンクス編集部
「きたざわ尋子《じんこ》先生」係／「笹生《ささお》コーイチ先生」係

リンクス ロマンス

息もできないくらい

2007年6月30日　第1刷発行

著者……………きたざわ尋子《じんこ》
発行人…………伊藤嘉彦
発行元…………株式会社　幻冬舎コミックス
〒151-0051　東京都渋谷区千駄ヶ谷4-9-7
TEL 03-5411-6431（編集）
発売元…………株式会社　幻冬舎
〒151-0051　東京都渋谷区千駄ヶ谷4-9-7
TEL 03-5411-6222（営業）
振替00120-8-767643
印刷・製本所…図書印刷株式会社
検印廃止

ISBN978-4-344-80997-0　C0293
Printed in Japan

幻冬舎コミックスホームページ　http://www.gentosha-comics.net